幣立宮の龍

佐藤基江

幣立宮の龍　目次

幣立宮の龍

幣立宮の龍

一

日向との国境、肥後の山中には龍が棲むと言われている神社がある。

幣立宮《へいたてぐう》という。

幣立宮は、太古からこの地にあり、人々が安寧に生きていくために絶えることなく大切に扱われてきた。

人によって作られた神社であるが自然の中に一体化して、幾千年も君臨している大木を脇に従えその中央に厳かに鎮座している。

その威厳は、静かで目立たず隠されているようであり、誰もが知っているわけではない。

しかし、人は知らずとも無意識のうちに、その影響下であたり前に毎日を送っているのである。

そして、この神社に守られて、麓には水田が広がっている。

程近いところには大きな池があり、いつかはわからない昔から、この池には龍がいる。

里の娘よしは物心ついたころから、この池の龍が見える。

池の前に立つと必ず現れる龍を、毎日確かめないと安心できなかった。

じっと水面を見つめていると、やはり深い池の底から浮かび上がってきた。

水中をゆっくりと、しばらく動き回る。

よしは、自分が来たことを龍が喜んでいるに違いないと思って笑顔で眺めている。

他に小さい龍も一匹いる。

こちらは池の傍の小さい鳥居の上にいて、よしが来ても、さほど興味を示すわけではない。

よしも、目をやる程度だった。

小さい龍は、里の子供達の遊び声がすると、一目散に鳥居の上から飛んで行き、素早い動きで神社の階段を登ったり、木に登ったりして、一緒に遊んでいるつもりなのだろう。

よしにとって、そんな光景はあたり前だったが、他の子供達に龍の存在は見えていない。

よしは、そのことを聞いてみたりはしなかった。

そういうことを口にしてはいけないような気がしていたからだ。

二

水田には一面に黄金色が広がり、稲穂がたわわに実っている。

早朝から、村人総出で稲刈りが行われていた。

子供達は、手伝いよりも畦道をはしゃぎ回り叱られている方が多い。

「奉納米も十分にできた！」

長老はありがたそうに、稲束を撫でながら稲架かけにかけた。

ここ数年は不作が続いていて、今年も作柄が悪いとあれば村の生活にも悪影響が出るところだったのだ。

豊作の嬉しさに村人達の会話は自然と弾んで、活気に溢れた甲高い声が飛び交っている。

「あれは、私がおよしを産んだ時だったね、おうめさん！」

ミツが隣家のうめに話しかけた。

「そうそう、私が見かねて、おミツさんの旦那に産婆を呼ぶように頼んだら、慌てなくともそんなに早く生まれないと言われて、産婆が間に合わずに生まれてしまった。おまけに袋を被ったままで、私はどうしてよいかわからなかったけれど、袋子のことを知っていた家の婆さんが袋を破ったら、おぎゃあと泣き声を上げた。一時は生きた心地もしなかったよ」

すでに、長男長女がいるミツは、およしを身ごもった時に、安産祈願に神社に行った。先に、生まれてすぐに女子を亡くしていたので、今度は無事に生まれるよう念願をしたのだった。

祈祷が終わると、

「この子は産まれたら、いずれは巫女になる運命です」

と告げられた。

よしの成長と共に、巫女の件についてミツは一人で悩んでいたが、うめが上手く話に乗ってくれた今こそが話す時だと思った。

うめは黙ってミツの話を聞いてくれた。

家族にはまだ話せないでいた。

三

秋も深まり、野良仕事も一段落したころに、神社の使者が来て、ミツの一日たりと忘れたことがなかった懸念は現実となった。

十歳になったよしは、日向国の高千穂神社の巫女になることが決まった。

よしはもちろんのこと、まだ知らされていない父や兄姉は、驚きで言葉を失って、しばらくの間、夜なべ仕事の手が止まった。

使者の男は諭した。

「大明神様のおられる、高千穂神社に巫女として上がるのは大変名誉なことです。誰もがなれるわけではなく、神に選ばれた者しか、上がることはできません。もうどんなことがあっても、家に戻ることは叶わないと思って、務めるのですよ」

よしは、否応なしに家族から一人離れ、よその土地で一生を神にささげて生きていくのだ。

姉のおかつが、池で遊ぶよしを見つめて言った。

「あの子がここで遊べるのも、あと少しの間だね、おっかさん」

ミツは黙って、よしを見つめた。

旅立つ日の早朝、この前と同じ使者が迎えに来た。

荷物は風呂敷包み一つで、十分な支度もなく、ミツは娘が不憫でしょうがなかった。

今度いつ会えるかわからないよしの頭を撫でながら、厳しく辛いであろうこの先の暮らしに思いを馳せ、

「これからは食べる物に困ることはないし、着る物も、毎日綺麗な着物を着られるから、安心して行きなさい」

と言った。

よしは、身支度をしながら、小さく頷いた。

母の言葉を心の中で繰り返しながら、使者の後を、黙ってついて行った。

姿が見えなくなるまで皆が見送ったが、よしは、一度も振り返ることはなかった。

丸一日歩いて、夕方高千穂神社に辿り着いた。

「じゃあな、姉さん達の言うことをよく聞いて、早く一人前におなり」

使者はそう言うと、よしを裏手の小屋に連れて行き、女衆に引き渡した。

よしは、知らないところに一人置き去りにされたようで、不安と恐怖に包まれた。

「こっちにおいで」

女達は、よしの手を引いて小屋の中へ促した。

心細いよしに寄り添うように、優しい言葉をかけて、新しい生活の始まりは明るく楽しいものだと励まし慰め、家族が増えたと喜んだ。

だが、使者に置いて行かれたよしは、拒絶感で固まっていて、優しい言葉は何一つ耳に入ってこなかった。

目に映るすべてのものが受け入れがたい異なもので、ずっと抑え堪えてきた張り詰めた気持ちが一気に切れて、ここまで我慢してきた涙が溢れ出し止まらなくなった。

四

静かな高千穂神社の境内や建物が目に入る。

樹木の間を抜けて日が差し込み、地面にできた木の影を風が音を立てて揺らす。

その様子や雰囲気は、慣れ親しんだ場所とよく似ている。

石段を下りて行けば、その脇にはいつも目にする池があるはずと、ふと錯覚したが、そんなものなどあるわけがない。

見慣れた里も家もない。

ここはよその地に違いなかった。

よしが育った里の神社では、風にそよぐ木の葉の音も、語らずとも気持ちが通じあう大切な家族のようなものだった。

長老の大木は高くそびえ立ち、四方八方に広がった枝は、よい間合いを保って伸びている。

またその子や孫の木が、気に入った場所に陣を取り、それぞれが競うように育っている。

よしが行くといつも長老の大木が、見下ろしてくる。

すべてを見抜かれているようで、悪いことができないと感じる。

その傍に立ち、木の表面の感触を撫でて確かめる。

両腕を伸ばして大木を包むようにして、頬をあてぬくもりも確かめる。

それから、他の木々も一本ずつ触って確かめていく。

根元には苔が育っている。

よしには、木も草も花も風も、森のすべてと気持ちが通じていると思え、それが喜びであり毎日の糧であった。

嵐のときは、激しい風に大きく揺れる大木の枝葉が唸りながら乱れ打つ。

そんな音にも、よしは耳を傾けて木々のやり取りを聞き取っていた。

新しく住み着くことになったこの場所は、よそ者のよしが溶け込んで馴染んでいくには容易なことではない。

よしは、どうしてわざわざこんな遠くまで来なければならなかったのだろうか、里の神社の巫女でよかったのではないかと、ずっと思い続けていた。

なにか特別な理由があるのだろうか。

確か、自分が生まれる前に、亡くなった子がいたと聞いたが、もしそのときに生まれていたのが、自分だったらこんなに遠くに来なくてもよかったのではないか。

亡くなった子に報いるためなのか。

そんなことをわからないながらに想像しながら、一人不満を抱えて悔やみ、郷愁の強い思いを持ちながら、高千穂神社の巫女になるべく過ごしていった。

巫女の姉さん達には、若い人も年配の人もいる。

夜明けとともに起き、助け合って、規則正しく毎日を送らなければならず、甘えは許されない。

よしは、言われたことをこなした。

巫女の仕事は同じ所作の繰り返しである。

同じところを行ったり来たり、供え物を祭壇に上げたり下げたり、立ったり座ったりする。

また、何度もお辞儀をしなくてはならない。

儀式の間は座ったままである。

太鼓を叩いたり笛を吹いたりするのは男の人であり、綺麗な飾りを頭につけて、鈴を持って舞を踊るのは他の巫女である。

よしは、それを座ってじっと見ているだけである。

とても退屈で過酷だった。

よしも舞を習い始めたら、見るだけだったことを、自分もやることとなりいよいよ難しい作法など、細かいことを、言われたようにこなさなければならなくなった。

一通り覚えてしまえば、一人でもできるようになった。

同じことの繰り返しの日々に慣れてはきたが、楽しいものではなく、そんなに身を入れてやれるものではなかった。

ただ、夜神楽を見るのは楽しかった。

男の人が女の面を付け、赤い頭巾を被り白い着物を着て舞うのであるが、よしはこの鈿女《うずめ》の舞に母の姿を映して見ていた。

毎回、息を呑んで鈿女の登場を待った。

男の人が、面を付けるとたちまち変身する。

太鼓と笛の音に合わせて、右手に鈴、左手に紙垂《しで》を付けた棒を持ち、鈴を鳴らしながら、紙垂を高く上げたり下ろしたりして舞う。

静かで、ゆっくりとした動きが美しい女性に見える。

福々しい白い顔が目を細めて笑い、首を傾げてこちらを向くと、

「おっかさん！」

思わずそう言って、飛びついていきたくなる程だった。

母に会えたような気がする唯一の時間で、いつまでも見ていたかった。

舞が終わると寂しさが倍増した。

昼中に参拝者が来ている間は、自分も祭りに行ったときのようで気が紛れた。

お守りやお札を手渡して言葉を交わすときは、参拝者も、何かとよしのことを気にかけ、言葉をかけて元気づけてくれた。

神社の境内の掃き掃除をしていると、すれ違う度に褒めてくれる人がいて励まされ

た。

やがて、年月が過ぎ暮らしにも慣れてきて、巫女らしくなり、周りの者も安心してよしを見守っていた。

舞や作法が上手くなったと褒めてくれて、誰もがこのまま順調なよしの成長を楽しみにして疑わなかった。

しかし、表向きの様子と違って、何年経ってもよしは、一人布団に入ると、初めて来たときの、寂寥感が消えることはなく孤独に浸っていた。

よしが心の底から思いを入れるものは何もなくて、それを紛らわそうと、夜になるとお神酒をこっそり飲むようになった。

最初のうちは、恐る恐る舐める程度だった。

それが、飲んでみる程になった。

やがて段々と飲む量が増えていき、朝になっても酒の匂いが残っているようになってしまった。

そうなれば、周りが気づかないはずもなく宮司にも知られることとなった。

怒った宮司は、

「神に仕える身でありながら、何ということをしているのだ！」

そう言って、よしを後ろ手にして捕まえると、

「そんなに酒が飲みたいのなら、たっぷり飲ませてやろう！」

無理やり口を開けさせ、瓶子の酒を流しこんだ。

「外へ放り出せ！」

酔いつぶれたよしは、神社の外に投げ出された。

五

気を失ったまま夜が明けた。

しばらくすると、子供達の笑い声が聞こえてきた。

よしの傍で、顔を叩いたり呼びかけたりして起こそうとしているがよしは起きられずにいた。

意識はあるが横になったままである。

そのうち暇を持て余した子供達が流行り歌を歌い出した。

「露国、クロバトキン、乃木さんが…」

日露戦争が終わって何年も経っていたが、その勝利と引き換えに払った多大な損失や犠牲は人々の不安や不満を伴い心に残ったままだった。

一方で、負傷した兵士の傷も癒えはじめ、戦死者への悲痛な思いや、騒ぎも落ち着いてきたころではあった。

一人の若い学生風の男が、その様子を横目で眺めながら神社の階段を上って行った。海軍に入る試験を受けるために、肥後国から合格祈願に来た伊藤喜三郎である。

喜三郎は参拝を終えると、よしの事情を聞いてみた。

そして、当てもなく追い出されては気の毒だと思い、自分が家に連れて帰って面倒を見ることにした。

「行くところがないのなら、私について来るかい？」

いくら悪いことをしたからといってもまだ子供である。

優しく話しかけて、これから自分の店で働きながら身の振り方考えてはどうかと提案した。

戸惑っているよしに、

「取って食ったりしないから、大丈夫だよ」

そう言って安心させた。

見ず知らずの若い学生風の男の人にそう言われたよしは、躊躇したが断れるような状況でもなく黙ってついて行くしかなかった。

喜三郎はまず、よしに町娘に相応しい着物を誂えて身なりを整えさせ、身の回りの細々した物を買って持たせた。

よしは、嬉しい気持ちよりも恥ずかしいやら申し訳ないやらの気持ちでいっぱいだった。

これから、どうやって恩を返していけばよいのだろうという思いばかりが、頭の中を巡っていた。

喜三郎は優しく、よしは故郷の兄を思い出した。

家族でこんな風に穏やかな旅などしたこともないが、できることなら故郷に帰りたい。

だが、もう会うことも叶わないのだろう。

この見知らぬ男の人に助けられて、また見知らぬ土地で生きていくのだ。

気軽に考えていた喜三郎は、よしが慣れるまで自分の身の回りの世話でもさせればよいぐらいに思っていた。

ところが、帰ってみると母の志津は、

「どこの馬の骨ともわからない小娘を連れてきて、どこで拾ってきたのですか！」

と言い放った。

思いのほか店の者の態度は冷たく白い目で見られた。

六

喜三郎の家は商家亀屋である。

よしを助けてくれた人は、大店の坊ちゃんだったのだ。

番頭の武三は、喜三郎の手前、ないがしろにもできなかったのだろう。

「まあまあ、女将さん！　坊っちゃんのお知り合いならよくよくの訳がおありでしょうから、ここはこの番頭に一つお任せいただけませんか？」

武三はそう言ってその場を収めて、

「これも何かのご縁だから、精を出して働くのだよ」

とよしに言って、早々に店の掃除から始めさせた。

大勢の奉公人は、自分のことで手一杯で忙しそうで、よしの世話など誰も見ようなどとしない。

武三に言われて、年配の女性が渋々傍に来て掃除の仕方を教えた。

よしは、喜三郎へのお返しにと一生懸命だった。

喜三郎は、よく働くよしの姿に上機嫌でいつになく奉公人達に笑顔を振り舞いた。

女は仕事を教えながら、

「上手いこと、坊ちゃんに取り入って、いずれは、女将の座におさまろうなどと思っているのかい？」

不意に辛辣な言葉を耳元で囁かれたよしは、

「いいえ！」

驚いて否定した。

奉公人達は、女と一緒に戻った喜三郎の噂を始めた。

「だけどやりにくいね、坊ちゃんの肝いりの奉公人とは」

「私達は、坊ちゃんとはろくに口もきいたことがないのに、あの子はずっと二人で一緒にいたのだろう？」

「普通に扱えばよいだろう。許嫁でも、お妾でもないから気を使うことはないよ」

歓迎されないことは、来てすぐにわかったが、もう引き返すわけにもいかない。

改めて、奉公人達の冷ややかな雰囲気を味わい、大勢の中で除け者にされ、ここにいるだけで、すでに先は真っ暗だと察しがついた。

よしの寝る場所はなかった。

布団などあるはずもなく、部屋の入り口の隅に丸まって寝た。

ご飯時は、皆が食べ終わった後、後片づけをしながら食べ残しを捨てられる前に慌てて掴み、口に押し込み飲みこんだ。

七

店の前の往来は人の行き来が絶えることがなく、賑やかで活気があった。

店の客もひっきりなしに入れ替わった。

「先の戦では亀屋さんも焼け出されて大層な損失だったたねえ。だけど、あっという間に立ち直って流石に商売がお上手と思ってはおりましたが、最近ではすっかり、西洋風になって。番頭さんの力量ですか？」

「竹原様、先の戦とはまた随分と大昔の戦の話になりますが、そりゃあ、ここまで来るには並大抵のことではありませんでした。

戦時は、お客様には一時も早く、ご不便なところを解消していただこうと日用品はすぐに取り揃えまして、それから徐々に品数を増やし、夢中で今日に至りました」

「難儀なことは皆一緒ですよ。助け合って盛り立てていきませんとね」

「さようでございますね。是非、これからも御贔屓の程よろしくお願いいたします」

「はい、また寄らせてもらいますよ」

「ありがとうございました！」

店の中から、奉公人達の大きい揃った声が聞こえた。

客が入って来ると、奉公人達の雰囲気ががらりと変わり、当然ながら愛想がよくなる。

外に出た客は、よしを見つけると声をかけた。

「おや、新入りかい？　国元はどこだい？」

「ひゅうがのくに」

「日向！　また遠くから来たものだ。まあ一生懸命働いていれば、よいこともあるから頑張りな」

「はい」

よしは、できる限りの愛嬌を見せた。

「お客さんはどちらへ行かれるのですか？」

「今から、湯治に行くところさ。阿蘇の小国にはよい湯治場があるそうだから、暫くは骨休めだ」

「それは、ようございますね。お気をつけて行ってらっしゃいませ」

よしは、客のうしろ姿を見送りながら、その先の遠くを眺めた。

そして、もう帰ることなど叶わない故郷に思いを馳せた。

奉公人を前にすると、武三の十八番が始まるのが日課だった。

御一新の戦では、この辺りすべてが焼き尽くされてしまい血のにじむような努力で、やっとのことで元の商いにこぎつけることができた。

亀屋はそこら辺の店とは格が違う。

細川家が熊本城に入る前からのご縁で、贔屓にされてきた。

ことあるごとに苦労話をした。

そして続けた。

「一奉公人とは言え、この亀屋には氏素性の怪しい者などいません。皆さんは、亀屋で働けることを誇りに思って、恥ずかしくない仕事をしてください」

これはよしに対しての当てつけとも思えた。

「番頭さんは、手も早いから」

女達が囁いた。

八

喜三郎が八つのころに、連合艦隊の大凱旋があった。

「日本海軍は、大国露国の大艦隊をやっつけた！」

喜三郎は、幼いながらに衝撃を受けた。

日本は大国の仲間入りをした！

もう、文明の遅れた劣国ではない！

幼いころ、いつか大人になったら、船に乗って遠くに行ってみたいと漠然と思っていた。

その気持ちは、今また大きく揺さぶられ、もはや絵空事ではなく現実味が湧いてきた。

連合艦隊司令長官、東郷平八郎は、すっかり憧れの的となった。

「海軍に入りたい！」

と強く思った。

しかし、自分が大店の跡取り息子だという現実はわきまえている喜三郎であった。

亀屋は、博多で商人として身を起こしてから、父の清六で十六代目である。

博多で細川家に出入りが許されて以来、常にお伴をしてきた。

細川家が熊本城に入ってからは藩の御用商人となり亀屋も熊本に移った。

両替商も行う、名の知れた豪商であった。

奉公人の数も多く、手広く他国とも商いをしてきた。

士族反乱の戦で熊本城炎上とともに、全てがなくなってしまい、一から立て直した。

幕府があったころとは比べものにならないほど奉公人の数も減り、店も小さくなってしまったが、商売は立ち消えることなく続けていくことができている。

喜三郎は、父が商用で長崎に行くときには必ずついて行った。

外国船を間近で見ることができるからだ。

そして、真っ先に高台のあるところに行き、港を一望できる場所へ駆けあがった。

もっと近くで見たいと父に言ったが、軍港に近づくことはできないと止められ遠くから眺めるしかなかった。

停泊している多くの船の中でも、大きな軍用艦が目に止まる。

それは遠くからでも、喜三郎の胸を高鳴らせるには十分だった。

九

中学に入ると、一人で何度も長崎に出かけた。

土産物が並ぶ、賑やかな界隈も将来を見据え商人の目で値踏みしながら見て回った。

表通りを外れ、奥まった裏通りなども散策した。

昼間の間は、ただの通りを歩いているようであるが、夜になれば、変貌することを喜三郎は知っている。

店ごとに色とりどりの暖簾や提灯がかかり、賑わうのだ。

喜三郎は、見慣れた黒い石畳の路地を右や左に曲がりながら、家並みの間を縫って歩いて行った。

緩い下り坂を下りて、平坦になったところで、一際格子門が大きい店の前に出る。

誰もが来るところではなく、知った者しか立ち寄らない場所である。

父が商談でいつも使っていて、喜三郎もよく知っている店である。

ここまで来ると、

「先に宿に帰っていなさい」

と言って、父は喜三郎を目と鼻の先にある宿に帰すのが常だった。

まだ、この店先から中に入ったことはない。

「自分もいずれ近いうちに父のように商談の席に着く日が来るだろう」

と思いを巡らせながら、店を眺めていたら、女が声をかけてきた。

「あらお兄さん！　お茶でも飲んでいってくださいません？」

驚いた喜三郎だが、

「こんな時間でも、通してくれるのか！　流石に大きい店だけあるな」

と思い、父の真似をして少し背伸びをして、一人で入ってみることにした。

女は店に招き入れた。

「お名前何とおっしゃるの？」

「伊藤喜三郎と申します」

「あら、もしかして亀屋さんの？」

「はい、御存じですか？」

「そりゃあ亀屋さんがご立派なことはもう、この辺りでも評判ですからね。今日は、お父様はご一緒では？」

喜三郎は、いつも聞き慣れている何気ない会話だと思ったが、いざ自分に番が回ってきたら、戸惑って上手く話に合わせられない。

自分が未熟なのだと察した。

「ご懇意にしていただいている滝次が、ゆっくりお話がしたいと申しておりますので、喜三郎さんからも、そうお伝えいただいて、これからはお揃いで御贔屓くださいね」

愛想のよい店の女のたたみかけるような話し方についていけず、喜三郎は出されたお茶を、一気に飲み干すと、挨拶もそこそこに店を出た。

「お滝ちゃん！」

「子供さんの病気はよくなったかい？」

「清太郎ちゃんの父さんは、いつ来るのだい？」

喜三郎は思わず振り返った。

一瞬、自分を見送るために、店から女達が出て来たのだろうと思った。

だが、数人の女達は、喜三郎の方には誰も目を向けておらず、自分達で喋っているだけであった。

それが、いかにもこれ見よがしに自分に向けての話ぶりとしか聞こえなかった。

「あの女が滝次？」

十

僅かな時間その場にいただけだったが、すべてを悟った気がした。

歩きながら女達の会話を考えていると、次から次へと疑惑が湧いてきた。

あの店の女は最初から自分のことを知っていて、何も知らない自分を試して、からかっていたのだと想像がついた。

そして、父の長崎での別の目的がわかった。

異国との取引もする偉大な、尊敬していた父が、ここでは違う人だったのだ。

あの女達は、父と同じ目的で自分も立ち寄ったと思ったのか。

多分、滝次という名前の女は、亀屋の息子だとすぐに気づき自分に嫉妬したのだ。

そして、本当なら話しかけて、子供の自慢でもしたかったのだろう。

そんなものを感じ取った。

「喜三郎よ、やっと気づいたか！」

という声が内側から聞こえるような気がした。

そういえば思い当たるふしがある。

父と来ていたころ、何回目かにもなると、言われたように、素直に宿に戻って、静かに本を読んで父の帰りを待つつもりはなくなった。

往来は異国の物や人に溢れ、異人の言葉が飛び交い、ビードロの音が響き、興味が尽きることはなかった。

一人で夜の街中にいるところを見つかったら、怒られるとは思った。

「何かあったらどうするのだ！」

と、父からどなられるのではないかと時々辺りを見回しながら、どきどきしながら冒険をしている気分だった。

そして、もし見つかったら、

「店の跡をついだあかつきに、困らないように、色々品物を見ているのです」

などの言い訳まで考えていた。

だが、そんな心配は全くなかった。

「お父さんは多分、僕の行動に気がついていながら、知らん顔をして他の人と遊んでいたのだ！」

自分が信じていたものが一気に崩れ落ちていった。

父のことを気遣いながら、夜の街を出歩いていたというのに、全幅の信頼をおいていたただ一人の大切な父に、裏切られた気分で腹立たしかった。

父は、嘘をついていたわけでも、騙していたわけでもないが、心が不誠実だったのだ。

喜三郎の心は、一気に父親から離れてしまって、もう元に戻ることはなかった。

目標だった父親が、見下げた汚らわしい者にしか見えなくなった。

自分はこんなところとは関わりたくないと思った。

一人で商いの真似事をしていたが、すっかりやる気が失せて、もう二度と長崎に行く気にもならなかった。

十一

喜三郎は父に抱いた疑念を確かめなければ気がすまなかった。

「まだ子供のお前が一人でそんな場所に行って、勝手なことをするな！」

「僕が、長崎に行くことは今後一切ありません！」

店の奥で、父と息子は言い争った。

喜三郎が通らなければならない、大人への第一歩ぐらいに番頭の武三は思って聞いていた。

それからの喜三郎は確かに一気に大人びて、口数が少なくなり、行き先も告げずに家を空けることも多くなった。

ある日、喜三郎が通う中学の教師が家に訪ねて来た。

母の志津は、何事かと驚きながら、店の奥に通した。

喜三郎は上の学校に行く予定である
それが、最近は海軍兵学校の受験を希望しているという話だった。

教師は確認したいと言った。

「海軍？　喜三郎が軍隊に行くというのですか！　喜三郎は、この店の跡取りですよ！　軍隊などに入るものですか！」

驚いた志津は、誰かにそそのかされたとか、よくない友達でもできたのではないかと、教師の言葉を全く信用しなかった。

「商人ですからね、何も大層に上の学校に行かずとも、そろばんさえ弾いてくれればいいのですよ。こんなことなら、店に座らせておいた方がよかったですよ」

食ってかかる志津に教師は、将来のことはよく話し合って決めるようにと告げて帰った。

志津にとって青天の霹靂だった。

喜三郎が、母親に何の相談もなく、そんな大それたことを考えているなどとは思いもしなかった。

喜三郎は、父は殆ど家にいないし、母は姉と出かけてばかりで、店は奉公人に任せっぱなしだと志津に不満をぶつけた。

そして亀屋は、自分がいなくても跡取りは他にいるから困らないはずだとも言った。

「世の中、これからは軍艦の時代です。七つの海を渡り大海原を航海するのが、私の夢なのです！」

喜三郎は、これからは商売も商船を操って、外国と商いを広げて行かなければ遅れる。

自分が船乗りになれば、ゆくゆくは家の商売のためになると言った。

小さな日本とは違い、世界は広いと言って志津を説き伏せた。

高千穂神社で、喜三郎がよしに出会ったのはそんなことがあってからしばらく後のことだった。

十二

もう自分の手には負えないと志津は、清六に託した。

「海軍にかぶれて、知った風なことを並べ立てているが、世の中はそんなに甘くはない」

清六は、軍隊に憧れるなどとんでもないことで、人が殺し合うことなのだと御一新の戦を引き合いに出して話した。

近ごろの若い奴らは戦がどういうものか全くわかってはいないと怒りの口調で言った。

軍隊など何一つよいことはないから、目が覚めてすぐに戻って来るに決まっていると志津に言い聞かせた。

清六は、まったく取り合わなかったのだ。

「旦那様も、そうは言っても心の底では坊ちゃんのことを案じ、心配と不安でやり切れないはずですよ」

武三はそう言って、志津を慰めた。

喜三郎は、そんな周りの気持ちを察したり、思いやったりする余裕も持てずに、親の反対を押し切り、江田島にある海軍兵学校の試験を受け見事に合格した。

そして、一人旅立った。

主人の手前、誰も見送る者はなかったが、よし一人が、黙って出て行く喜三郎を見送った。

「坊ちゃん、行ってらっしゃいませ」

その一言が、精一杯だった。

喜三郎は、学生帽の先に手をあて少し頭を下げただけで、大きなトランクを片手に、無言で足早に店を後にした。

喜三郎がいなくなり、よしへの風当たりがより酷くなった。

持ち物がなくなることが多くなり、手元に残った櫛の歯は折れて、他の持ち物もほとんどが壊された。

わざとぶつかって来られたり、足を踏んだりされることもあった。

十三

喜三郎は、意気揚々と憧れの海軍兵学校の門をくぐった。

家族に見送られて来ている同期の学生達を見ても、一人で来た自分を恥じる気持ちなど、全く湧かなかった。

不安など微塵も感じなかった。

夢が現実となった今、希望に胸を膨らませて意欲に溢れていた。

志が一緒の仲間とすぐに意気投合し親しくなれた。

それぞれの、現在や将来を熱く語り合った。

バルチック艦隊を破った日本艦隊の話は盛り上がった。

入校式で見た、先輩達が制服で艦上に並ぶ姿は、さらに気分を高揚させた。

大海に漕ぎ出す艦隊に乗る喜びに胸を躍らせ、はやる気持ちを抑えられずにいた。

しかし、喜びも束の間であった。

今までの憧れや美談など木端微塵に打ち砕かれた。

全員が現実の厳しさに痛めつけられ、想像以上の厳しさを味わうことになった。

生きるか死ぬかの、戦に行くための訓練なのである。

当然と言えば当然であるが、いきなり、

「起きるのが遅い！」

「整列が遅い！」

「声が小さい！」

とどなられ、まるで起床から戦が始まり、就寝まで続いているようだった。

勝手がよくわかっていないのに、教官が傍に来て耳元でどなる。

泣いている者もいる。

「親父にどなられて慣れているが、教官の怒号はその何倍も凄い」

と驚愕する者や、百姓をしていたので体力は十分なはずだが、全く役に立たないと戸惑う者。

布団を何回もたたみ直すように言われ、考える間もなく、教官の大声を浴びている者もいる。

喜三郎は、

「一分一秒も無駄にはしないぞ！　無駄な動作は一つもしないし、一つの言葉も聞き漏らさないぞ！　絶対に耐え抜いてみせる」

と自分を鼓舞した。

敵と戦うために強くならなければならず、いかなる状況下でも身を守る手段を瞬時に取らねばならない。

国を守り国家のために敵と戦わなければならないのだから、今までの柔和な心持ちや、考え方は捨て去らなければならなかった。

どんなに、どなられ罵倒されても、屈することなく、戦わなければならないのである。

ところがある日、遠泳の演習中のことである。

泳ぎの苦手な喜三郎は皆について行けずに遅れていたが、とうとう海中に沈んでしまった。

焦りが余計に体力を奪ったのか、浮き上がることができず溺れてしまった。

仲間達が必死に声をかけて救助したが、その甲斐もなく間もなく死亡が確認された。

清六と志津は、電報を受け取り駆けつけた。

変わり果てた喜三郎の姿を目の前にし、説明を聞いた。

最後に息子と言葉を交わしたのは、いがみ合った時だった。

清六と志津は、葬儀を終えるまでは気丈に振る舞った。

兵学校の大勢の人から、弔意を受けた。

喜三郎が、共に生活をした人、話をした人に頭を下げながら、喜三郎の死を現実のものとして受け入れなければならなかった。

どんな生活を送っていたのだろうか、どんな話をしたのだろうか、聞きたくても許されず想像すらできないままに、志津は骨となった喜三郎を抱き、人目もはばからずに泣き崩れた。

十四

海軍の青年達が休暇の日に、喜三郎の遺品を持って一緒に帰って来た。

店の前に並んで立ち、

「敬礼！」

揃って挨拶をする。

「私達は、伊藤喜三郎君と共に訓練をしておりました」

「遠泳中に喜三郎君がいないことに気がついたときには、すでに喜三郎君は海中に沈んでおられて、私達が引き上げたときにはもう手遅れでした」

「なぜ、早く気がつかなかったかと悔やんでも悔やみきれません」

「残念でたまりません」

「本当に申しわけございません」

次々にそう言って、亡くなったときの状況を説明した。

そして、喜三郎の遺品を渡すと深く頭を下げた。

全員で挨拶をして、脱いでいた制帽を被り一斉に敬礼をして、店を後にした。

突然の出来事に店全体が谷底に突き落とされたようだった。

よしは、青年らの後を追った。

喜三郎が旅立ったときと同じように見送った。それはつい昨日のことのようだった。

「坊ちゃんも、あの人達のように制服が似合っていただろう」

まぶしいほど真っ白い海軍の制服を着た青年達を見送りながら、そのうしろ姿に、もう見ることのない喜三郎を重ね合わせていた。

「旦那様がもっと商売に熱心だったら、喜三郎は海軍に行くなどとは言わずに父親の背中を見て素直に店を継いだはずですよ」

そう言って志津は、自分が意地でも引き留めるべきだったと後悔した。

喜三郎のいない亀屋などもう意味がないと言って嘆いた。

「私のせいだと言うのかい?」

清六は、喜三郎には商才があると見込んでいたことを話した。学問もよくでき、異国の言葉も早くに覚えていたから、きっと店を大きくすると思っていたと、清六は常日ごろ話さないことを、懐かしむように話した。

確かに喜三郎は商売に対してよい目のつけどころを見せた。

清六が将来を楽しみにしていたように、品物を見る目も厳しく、先見の明があった。長崎に一緒に行ったときに、海や船を見たがるから、必ず港が見える所に連れて行き、満足するまで、暫くの間眺めさせた。

そうしないと言うことを聞かなかった。

清六はそんなことを、思い出しながら話した。

物見遊山くらいに思っていたが、今思えばあのころから海軍への関心があったのだ。

昨日や今日始まったわけではなかった。

「異国とは、戦争をするのではなく、商売の取引をするべきだ。お父さん、僕は海軍でそう気がついたよ」

と言って、戻って来る日が、必ず来るだろうと一日千秋の思いで待っていた。

そのときこそ本腰で商いをさせ、取引の仕方を学ばせようと待ち構えていたと清六は続けた。

喜三郎は、憧れの艦船に触ることもなく、まだよく海軍のこともわからないままに、いろはのいの字もわからないままに、物言わぬ姿で帰って来た。

喜三郎は望んだ海軍で死んだから、本望だろう。

これが現実なのだから、跡取りは清太郎に決めると清六は言った。

すると、間髪入れずに志津は、花街の滝次という女に産ませた子供を、この亀屋にいれることなど絶対に許さないと声を荒げた。

「そのぐらいなら、美津に婿をとって継がせます！　あの、喜三郎が連れて来たおよしに子供でもできていたらそっちの方がましですよ！　およし！　こちらにおいで！　お前もしかして喜三郎とそういう仲だったということはなかったかい？」

「ありません！」

よしは、驚いて即答した。

志津は、喜三郎の死に追い打ちをかける清六の言葉に、動揺し平常心を失った。

志津はこれがきっかけで、喜三郎を亡くした喪失感を埋めるために、喜三郎の影を探し、常軌を逸した言動をするようになった。

「喜三郎が、連れて来ただけあっておよしは気立てがよい。一緒に来ておくれ。喜三郎の部屋を片づけるのを手伝っておくれ」

その日から、急によしを傍に呼ぶようになった。

「およし、喜三郎が好きだった辻屋の羊羹を買ってきておくれ」

もう自分の味方をしてくれる者は誰もいないと思っていたよしは、予想外にも、志津に目をかけてもらっていた。

だが、奉公人達はよしを疫病神扱いし容赦なくさらに、冷たい扱いをした。

十五

ある日、番頭の武三がよしを部屋に呼んだ。

よしが部屋に入ると、武三は戸を閉めた。

何を言われるのかと警戒しているよしは、店で見るのとはあまりにも違う武三の表情に驚いた。

無言で、よしを見下ろし睨みつけるような目で見た。

腰紐を一本両手に持ち、素早くよしの体を縛った。
悲鳴を上げるよしの口を押さえて倒し、馬乗りになった。
「ここで殺されるのか！　いやだ！」
恐怖で声にならないが、心で叫んだ。
「大人しく私の言うことを聞いていれば悪いようにはしないから」
そう言って、いきなり乱暴され辱しめを受けた。
こんな番頭の本性を皆は知っているのだろうか。
よしだけに見せた非道の顔だろうか。これが店に引き留める目的だったのか。
こんなことが許されているのか。
たまたま、行き場のない小娘が傍にいたからなのか。
誰も助けに来てはくれない。
よしを気遣う者など誰もいない。
それどころか驚きもしない。
こんな酷い目に遭わされて、ここにはもういられない。
よしは無我夢中で店を飛び出した。
泣きながら、脇目も振らずに走り出した。

「せめてもの情けをかけてやったのに。恩知らずが！」

と、武三は独り言を言い、追い打ちをかけるように罵った。

奉公人達は、よしが店を飛び出して行くのを知りながら、見て見ぬ振りをしていた。

「女将さんには、私からおよしのことを話すから、余計なことを言うのでないよ」

武三は、念を押すように奉公人達に口止めをした。

何も知らない志津は、

「およしはどこだい？　おたけ呼んで来ておくれでないかい」

聞かれたおたけは、言いにくそうに、

「およしちゃんは、泣きながら出て行きました」

と言った。

「どういうことだい？　ちょっと、番頭さんを呼んで」

武三は、着物の襟を整えながら、志津の前に現れた。

「坊ちゃんが亡くなってから、およしは悪いことをしましたよ。私の巾着袋を盗もうとしましたので、叱りましたら出て行きました。もう帰っては来ませんよ。里にでも帰ったのではありませんか？」

武三の、冷静なもの言いに、

「およしが、盗みをしたというのかい？　そんな大それたことをするとは思いませんがね。とにかく、すぐに連れ戻しなさい！何なら、里に使いをやって、ことの次第を知らせておくれ」

「女将さん、行き先がわかりません」

「番頭さんは、およしの里を知らないのですか？　およしの氏素性がどうのこうのとうるさく言っていましたよね」

「坊ちゃんが、ご存じではなかったのですか？」

武三は、喜三郎のせいにした。

志津は武三がいい加減なことをして、よしの行方をわからないままにしたと叱った。

そして、遠くには行っていないだろうから、皆で手分けをして探すように言った。

志津にそう言われて、奉公人達が一斉に、よしを探しに出て行った。

探す当てもないまま、困った奉公人達は、行き当たりばったりでしばらく歩き回った。

そして、見つけることはできなかったと報告するしかなかった。

十六

よしは、通りを歩く人を避けるようにして歩いた。

その異様な雰囲気に驚いて、振り向いて見る人や、白い目で見る人、心配そうに声をかけてくれる人もいた。

余程異常な状態に思えたのだろう。

誰に何を言われても、答えられる状況ではなく、一刻も早く遠くへ逃げたかった。

履物も履かずに飛び出して、何も持ってはこなかった。

もはや持ってくる物など何もなかった。

喜三郎が、買ってくれた物は全てなくなってしまっていた。

あの細々とした物達を母や姉に見せたかった、
よい匂いのする袋や、柔らかく美しい手ぬぐい、綺麗な絵が描いてある鏡に櫛など
もう手にすることはできない。

喜三郎との思い出といえば、これらを買ってもらったことだけである。

会ったばかりのよしのことで、あんなに一生懸命に世話を焼いて、店先一杯に、品物を並べさせ欲しい物はどれかと聞いて、初めて目にする物ばかりで目を丸くして見ているよしを優しく眺めていた。

今思えば、あんなによくしゃべり、楽しそうな喜三郎を見たのは、あのときだけでそれ以降は別人のような無口無表情の姿をたまに見るだけだった。

喜三郎がいたから、何をされても我慢していたが、いなくなったらこんなことになってしまった。

本当は喜三郎について来たのが悪かった。

あのときに断ればよかった。

そういえば、あの客の竹原という人だけは、優しい言葉をかけてくれた。

あのとき、湯治に行くと言っていた。

途中まで、一緒に連れてってと言いたかった。

「国元は日向ではなく、肥後大野の里です」と言えばよかった。

阿蘇に近い方なので一緒に行ってもらえるように頼めばよかった。

連れて行ってくれただろうか。

後で説明に困ることになるだけか。

巫女に上がるときに、嫌だと言えばよかった。

嫌だったことばかりが、思い出された。

家に帰ったら怒られるかもしれない。

何を言われるかわからない。

でも家に帰りたい。

今度こそ、どんなに怒られても家を離れない。

ただひたすら家に帰る道を歩いた。

歩き続ければ、家に辿り着くはずだと思って黙々と歩いた。

道中、人に会うのが嫌だったので、人気が、なくなるのを願いながら、下ばかりを見ていた。

人の姿が全くなくなり、一人だけで歩いていることに気がついて、やっと辺りを見回したら山道に入っていた。

山並みが連なる道をいくら歩いても懐かしい故郷には近づかず、さらに山奥へと入って行くだけだと思った。

故郷はそんなに近くはなかった。

とうとう、道がなくなった。

目の前には、薄の原野が遠くまで続いていて、低い山や浅い谷が見えるだけであった。

振り返りたくもない道を戻るしかないのかとうしろを向いた。

ところがそこには、あるはずの道がなかった。

いくら戻りながら歩いても、見覚えのある景色が何もない。

人目を避けて下ばかり見て歩いたのだから、景色など覚えていなくても当然ではある。

全てを消し去りたいと思いながら歩いて来たのだから。

しかしまさか、歩いていた道がなくなるとは思いもしなかった。

戻る道はもう見当たらない。

まるで、狐に化かされたか魔法にかけられたようだった。

荒涼とした一面の薄だけの世界に入り込んでしまった。

そこにあるのは、自分と薄と空だけで、他には何もない。

薄の中に埋もれるように立ちすくんだ。

もう力尽きた。

たまらなくなって、思わず叫んだ。

必死に叫んだ。

「おっかさん！　おっかさん！」

返事が返って来るかと耳をすませて待ったが、聞こえるのは薄が風に揺れる音だけであった。

大きな声で呼べば、もしかして母に届いて来てくれるかもしれないと思い、母を呼びながら歩き回ったが、やはり聞こえてくるのは、風に揺れる薄の弱弱しい音だけだ。

鋭い薄の葉で切られて、手も足も顔も傷だらけになった。

刃物で切り刻まれたように、みみず腫れに腫れた赤い切り傷が体中にできた。

早く、この薄だけの場から抜け出さなければと歩き回った。

動けばなおさら、薄の鋭い葉が容赦なく、切りつけてきた。

襲って来るその痛みと、恐怖に震えながら、目だけは必死に涙とともに自分を助けてくれそうなものを探した。

日が落ちて真っ暗になり、見えるのは夜空の星と薄だけだった。

空を見上げて、何か手掛かりを探すように、星の一つ一つを端から端まで眺めた。

家のある方はどこかと、見覚えのある星を探した。

星を見つめ、取り返しのつかないことになったと泣き、疲れて眠った。

目が覚めると、また泣きながら母を呼び続け、歩き疲れてまた眠った。

その繰り返しを何日続けたのだろう。

空を見上げ、よしの窮状など知らない振りのような、青い空は、よしがはしゃぎ回っていた幼いころと同じで、ただ黙って広がっている。

「あの雲に掴まって、里の村まで行きたい。ちょうどよいところで飛び降りて、家に行けたらよいのに」

高い空を鳥がゆっくりと飛んでいる。

あの鳥は何という鳥だろうか。

これからどこに行くのだろうか。

家の方へ飛んで行くだろうか。

あの鳥にも家族がいて、今から帰って行くのだろう。

鳥の巣には、子供がいて、待っているのだろうか。

大きい鳥が来て捕まえて行ってくれればよいのに。

家の近くの知っているところに来たら、体をゆすって飛び降りるから。

鳥を見つけると、

「おおい！　おおい！」

と必死に呼びかけた。

両手を振って、飛び上がって、存在を知らせようと声が枯れるまで叫び続けた。

すると、おお！　見たことのない大きな鳥がよしの傍へ飛んで来た。

そして、よしを捕まえると大空へ飛び立ち、よしの家まで運んで行った。

懐かしい家の中では、夕飯時だった。

湯気がたつ食事を美味しそうに家族が囲んで食べている。

よしは叱られると思っていたのに、皆の傍で何も怒られずに一緒にいられることがわかって嬉しかった。

「今年は豊作でよかった！」

と父が言っている。

兄さんが、魚を沢山取ったことや、姉さんが、おっかさんから漬物の仕込み方を習ったことを話している。

おっかさんが、沢山お食べと言って山盛りのご飯をくれた。

そこで目が覚めた。

そこは、家ではなくやはり、一人ぼっちの一面の薄野原の中だった。

落胆は酷かった。

もう横たわったまま、起き上がることができなかった。
薄が日の光で輝いて白く眩しく目に入ってくる。
痛いだけの薄が、今はよしの唯一の味方となり包んでいる。
段々日が傾いていくと、薄は背を向け冷たくなり、
「これでお別れだね」
と言っているようだった。
夜の薄は月明かりで、不気味に黒くうごめいている獣のようだった。
やがてよしは、目を覚ますこともなく、動くこともなくなった。
目の前に、母がいた。
よしは、白無垢の花嫁姿だった。
早く母の傍に行こうと駆けた。
皆が、それぞれによい着物を身につけて笑顔でよしを見ている。
「こんな着物があったの？」
よしは、母に聞いた。
「おまえのために作ったのだよ」
母が答えた。

見知った村の人達もいた。

皆が、笑顔で手招きする方へ行った。

誰にも気づかれることなく、衰弱していったよしは、風雨に晒され朽ち果て白骨体になっていった。

十七

よしの里の両親の元に、高千穂神社の使者が来たのはかなり経ってからだった。

ついでの折に立ち寄ったという使者は、よしは、とっくに巫女を辞めて今は行方知れずだと言った。

もしかして、家に戻っているのではと寄ってみたと言う。

家の者が、もう少し意味がよくわかるように話してほしいと言うと，使者はよしを探すかのように家の中を覗き込んだ。

「酒浸りの毎日を送っていたのが見つかって、追い出されたところ、若い男に連れられて行ったらしい。酷い娘を預かったと言われているそうだ」

と使者は言った。

父は今日まで、神に嫁いだのだから喜びさえすれ寂しいなどと、思ってもいけないと自分に言い聞かせてきた。

会うことはもうとっくに諦めていた娘であった。

それなのに、どこに連れて行かれたのかわからないとはどういうことか。

ちゃんと面倒を見てくれていたのではないのか。

まだ年端もいかぬ娘に酒を飲ませて放り出して、行方知れずとは納得できる話ではない。

おまけに、悪いのは娘だと言われた。

「男と駆け落ちをして逃げただと？」

手塩にかけて育てて、無事大きくなって、身を切る思いで手放し、やっと慣れたころに傷口に塩を塗るような、あまりにも残酷な言いようではないかと父は嘆いた。

使者の男は黙って頭をひとつ下げると去って行った。

もしかして戻って来るかもしれないから望みを持って待てということだった。

母はそれからというものよしがいつか帰って来るのではと朝な夕なに気にかけるようになった。

「よしかい？」

夜、物音がする度に外へ飛び出して辺りを見回した。

大抵何事もなかった。

ある夜、夜空に今まで見たことのない、大きな流星を見た。

火の玉が自分に向かって来るようで思わず。

「ああ！」

と叫んだが、あっという間に通り過ぎて消えてしまった。

母は、あれはよしだったと思った。

そしてよしはもう死んでこの世にはいないことをそのとき悟った。

もうこの目でよしの姿を見ることもできない、あの世に行ってしまったに違いないと、一人泣き続けた。

母は、使者が告げた噂が嘘であることを、まだ願っていた。

あの愛しいわが子は間違いなく神に仕えて、何があったとしても、母に会いたくて、こうして流星になって会いに来てくれた。

何があったのか、告げることも叶わずにきっと、会いたいという思いがつのりこうして知らせてくれたのだろう。

家を出て行くときのあのしっかりとしたよしを思い出し、どんな最期だったとしても人に恥じることない立派な最期だったに違いないと、一人自分の心に刻んだ。

十八

幣立宮の池の龍はよしが里を離れてからずっと、池から頭を出して水中に潜ることはなかった。

この池に住み着いてから今まで、池から体の一部でも出したことは一度もなかった。

よしが里を出たときから、よしの行く先を追い、よしの一挙手一投足に集中して思いを馳せていたのであった。

待ち受けるのはよしの試練であり避けられない運命であることがわかっていた。

よしの行く先々を察知し、どんな困難が待ち受けていても静かに見守り、案じていたに違いなかった。

十九

池の傍に、幼い姿のよしが立っていた。

龍は、それを見逃さなかった。

よしの姿を見ると瞬時に動いた。

池の水を全部巻き上げるほどの勢いをもって、激しい水音と共に、初めてその大きな体の全体を池から出して、よしの目の前に現れた。

鋭い目は赤く、頭には角があり、長い髭もある。

黒光りする体の表面は動きによって、黒色から青色にも緑色にも茶色にも変化した。

よしの背丈程の大きなその顔を、よしの目の前に近づけた。

よしはうつむいたまま気づかなかった。

龍は、よしの顔を見つめると、上下にゆっくりと頷くように大きく首を二度振った。

よしは、それでやっと気がついたのか龍の大きな顔を満面の笑みで見た。

これまでの年月などなかったかのようである。

いつも会っていたあのころと同じように、その存在を確かめて安心しているようである。

ただ、今までとは違って龍はもう池には戻らない。

大きな決心をしたのである。

よしは龍の大きな背に跨った。

しっかりと掴まり、頬を龍の背にそっとすりつけた。

それは、里にいたときとも違う、母に会いたいと思っていたときの母への愛情とも違う安堵感だった。

もっと、確かなものであった。

やがてよしを乗せた龍は、目線を真っすぐに上に向け、一瞬の迷いもためらいもなく、轟音と共に一気に天へと上って行った。

よしは腕も足もぴったりと張りついて顔を横に向けて吹きぬける風に目を細めていた。

心地よい安心感に浸った。

子供の龍は、よしが旅立ってから、夜になるとよしの家の屋根の上で過ごしていたが、今ここで、神宮の周りを何回も飛び回っている。

名残を惜しんでか別れを告げてか、自分の縄張りだったところを、全て見て回ると、納得したかのように戻って来て、よしと一緒になった。

よしの体は、徐々に子供の龍と重なっていった。

よしの姿は消えて、子供の龍だけがしっかりと掴まっている。

そして、親子の龍はどこまでも上へ上へと上がって行った。

了

祈祷師

祈祷師

隠密

一

重たそうに木戸が開く音がして、暗闇の中に日の光が差し込んだ。

「ああ!」

牢格子の向こう側で動く人影がある。

乱れた白髪と薄汚れた着物姿でうずくまり、その体を両腕で支えながら苦しそうに頭をもち上げた。

日が差し込む方に体を向けて、上目使いで眩しそうに見つめたが、見上げたその顔は、およそこの世のものとは思えないほどに醜い形相だった。

使用人の男が、無言で食べ物を投げ入れると、逃げるように出て行った。

それは、今川家配下の隠密、矢一の妻那須であった。

ある日突然に捕らわれの身となり、美しかった黒髪は見る影もなく、老婆のようで、三十歳にも満たないのにその変望ぶりは過酷な状況におかれていることを物語っていた。

二

飯山家は、この土地に住み着いている豪族であるが、大名の今川家が、隣国遠江への、遠征の折に同行してからは、働きが認められて配下となった。

今川氏親は、これまでの支配者と異なり、年貢を搾り取るだけではなく、農民にも気を配ることのできる、度量が備わっていた。

飯山家は、そんな氏親に希望を託し、並大抵では築けない信頼関係を築き、より強固な関係にするために大国を相手に労力を惜しまず、自ら武田の侵略に備えて、堀や土手を築き城郭を整え大いに貢献した。

やがて、今川家の勢力はさらに拡大していった。

飯山家は農地も増えて、家臣共々生活が安定していった。

そして、領地を確実に守りながら、武田との国境の警備を怠らず堅固にした。

三

矢一の父松蔵は、人足として働いていたが、妻が、五歳になったばかりの矢一を残して病死してからは、すっかり気落ちしてしまった。人に指図をされどなられてやる仕事が、何をおいても嫌だったので、矢一を連れて人里離れた山中にこもり生活をするようになった。

人とのつきあいのない山奥で、好きなように暮らしたかったのだった。気の向くままに場所を移動して、その日暮らしをしていたが、山の中でも出会いはあり、幼子を連れた松蔵の生活を見て、声をかけてくる者は多かった。

松蔵は、野山で獣を相手にしながらでは矢一を安全に育ててはいけず、やはり人との関わりがなければまともにはやっていけないと悟った。

近づいて来る者が、信用のできる人間だとわかってからは、腹を割って山暮らしをしている訳を話した。

そうすると、物の売り買いの仕方を教えてくれる者もいて、松蔵は自分にもできそうだと興味を示した。

まずは山で取れる物を扱い、物売りになって生きていくことにした。

それが松蔵の性分に合っていたのだろうか、目に見えて以前とは様子が違ってきた。

水を得た魚のようにと言えばよいか、全く人が変わって、目つきは元々鋭かったのだが、思慮深くなり機転が効くようになった。

そして年月とともに、獣にも劣らぬほどに、山中での動きが俊敏になり驚きの速さで山々を駆け回り、即座に良し悪しの判断をして、必要な物を手に入れることができるようになったのだった。

危険が及ぶと感じれば、素早く避けてどんな身のこなしもでき、どこへでも行くことができた。

山菜や薬草、木の実、鳥、獣、虫に至るまで、売れる物は何でも収集して売り歩き生活の糧を得た。

一日に動く範囲が格段に広がり、諸国を渡り歩いて人脈を築き、あらゆる情報に精通していき、地の利にも明るくなった。

我が子を男手一つで育てるための必死の努力が、実は松蔵自身の技を磨き上げる手段となっていたのだった。

四

息子の矢一も成長と共に忍びの技に長けていった。

ところが、あるときに松蔵が、熊を射落とすのに失敗して襲われ深手を負った。

矢一は手を尽くして父の傷を治そうと努力したが、よくなることはなかった。

やがて、その傷がもとで病が酷くなり、どんなに呼びかけても、松蔵は目を閉じたままで動かなくなり返事をすることもなくなった。

矢一は段々と冷たくなっていく父の体にしがみつき、嘘であって欲しいと願った。

父を助けることができなくて悔しかった。

悪夢ならば覚めて欲しかった。

だが、父の死は現実だった。

矢一は悲しみも消えぬまま、一人で生きていく術を身につけていかなければならなくなった。

心細く不安はぬぐえなかったが、一人でできないことは何もなかった。父の看病をしながら、全てを賄ってきたので何も心配はないと自分に言い聞かせた。父のように鳥獣取りの生き方はしなかった。つてを頼りに、集めた情報を売ることだけに専念した。何よりも情報が高く売れたからである。武田家によく売れることがわかると、おのずと武田家が望むものを集めることになった。

そして、ついに矢一は武田家の隠密になった。集めて売るものが情報に変わっただけだが、売る先は武田家のみであった。

五

年月が過ぎて、矢一も年ごろになった。

旅先の行きつけの店の、食い物を売っている那須とは、年も近くかねてから気が合っていた。

父が亡くなり一人身なので、所帯を持ちたいと打ち明けた。

那須は、気心が知れていた矢一が店に来るたびにその言葉を待っていたので、自分が願っていたことが本当になり、嬉しさと驚きが重なって泣き出してしまった。

店にいた全員が、日ごろは気丈な那須が大泣きする姿を見て驚き、もらい泣きする者もいた。

そして、店の旦那に許しをもらって那須と夫婦になるまでに漕ぎ着けた。

矢一は、今までのような定まりのない生活を改めて、落ち着いて所帯を持つ場所を探さねばと考えた。

仕事のやり方も考え直して、那須と生活を送れる場所を探した。

今や武田よりも勢力が強くなっていた、隣国の今川家の領地に住むことが安定してよいと思い、住む家を決めた。

そのために今度は、今川家の隠密にならざるをえなかった。

今川家に寝返ったのである。

六

武田領と今川領との国境での小競り合いは頻繁に起きていた。

武田領内の内情にも詳しく、地形は十分にわかっていた矢一は、上手く情報を集めて手柄を上げた。

しかしまだ新参者である。

これからもっと上を目指したい矢一は、恩賞を目当てに欲目が出て無理な動きをしてしまった。

武田領の警備に紛れ込み、人や物の動きを探っていたときのことであった。

人に会わないように用心をしていたが、山沿いの水田の細い道を、自分に向かって一人の男が歩いて来るのが見えた。

すれ違うわけにはいかなかった。

別の方へ向きを変え、黙って通りすぎようとしたが、

「今日は、のろしは上がらないか?」

と、話しかけられた。

矢一は黙って知らない振りをして歩き続けた。

すると男は立ち止まり、もう一度声を張り上げ繰り返した。

矢一が、まだ無言でいると、

「お主！　武田方ではないな？」

と言って、駆け寄り腕を掴み、顔を覗き込んだ。

矢一は、合い言葉がわからず怪しまれ捕らえられてしまった。

「今川の間者だな？　和議を結んだらもう図々しくも、こんなに奥まで入り込んで好き勝手をする。同じ言葉を繰り返せば助かったものをもう帰れなくなったな！」

そのとき矢一は、この男が見知った者だと気づいた。

ただの顔見知りではなかった。

かつて盗賊だった男で、父が捕まえて生き方を改めさせ、父の下で一緒に北条や上杉の領地も探ったことがある。

矢一は幼かったが、一緒に連れ立って歩いたので覚えていた。

武田の領地で顔を見られてしまった。

だが今、この男は気づいているのだろうか？

実のところすぐに男は松蔵の息子だと気づいた。

そして、気づいた様子を隠すこともなく、「なんだ、お前か」とばかりに急に親しげになってきたが、矢一を捕まえている手元は緩めなかった。

松蔵との昔話などしながら、恩義ある人が亡くなり、その息子が訪ねて来たとあれば、見逃してやらなければ、人として儀が立たぬと言って、不慣れで迷い込んだ農民に仕立てて連れ出してくれた。

それから、国境に連れて行き、

「犬が一匹迷い込んでいたから、連れて来てやった！　次に、このようなことがあったら、ただではすまないと義元に言っておくがよい！」

と言うと、笑い声を上げながら戻って行った。

矢一は前線にいた飯山家の家臣に引き渡された。

しかし、命拾いはできなかった
飯山家の家臣は、敵に見つかり捕まったのなら、自害して果てるのが道理であると容赦なく責めたてた。

「矢一とやら、運がなかったな！　これまでだ」

矢一は覚悟を決めたが、

「何としても、何も知らずに帰りを待っている妻や子だけはお助け願いたい！」

と、家族の命乞いをした。

「安心しろ、妻子の命はとらぬ！」

飯山家の家臣はそう請けあった。

河原に連れて行かれた矢一は、見せしめとして磔にされて、味方の者によって殺され晒し首にされた。

死の直前まで、妻子の命乞いをして大声で泣き叫んでいた矢一であった。

飯山家

一

「奥方様、もう一息でございます！」

琴は、最後の力を振り絞った。

「玉のような男子です！　殿に早くご報告を！」

産婆が言った。

「琴でかしたぞ！」

飯山正熊は駆けつけると妻にそう告げた。

嫡男誕生を、家臣達が祝いに参じた。

「祝着至極にございます」

正熊は機嫌がよかった。

「とし、そちの祈祷のおかげじゃ礼を申すぞ！　祈祷の部屋はそちのものだ！　これからも飯山家のために頼むぞ！」

「ありがたきお言葉にございます」

「早速、今川殿に報告に行って参る」

正熊は、急ぎ出かけた。

今川家は氏親の死から内紛になり、後継争いが暫くの間続いたが、義元が家督を継いでからは落ち着いていた。

今川家の代が変わっても、飯山家がその庇護の下にあることには変わりはなかった。

子の名前も義元から一字をもらい元熊と名付けた。

二

としの部屋は館の裏の離れた場所にあり、祈祷部屋と茶室があった。

としは、屋外に一体の地蔵を祀った。

近くに肥溜めや家畜の小屋があるため、誰でもが近寄ろうと思う場所ではない。

そして、地蔵に大層な供え物をして手を合わせた。

そこに毎日、朝晩手を合わせて行く若い男が一人いた。

供え物目当てではないその男を、としは見逃さなかった。
調べたところ男は身寄りのない太平だった。
としが声をかけて、
「若殿様である元熊様の馬の世話をする気はないか？」
と尋ねたところ、太平は快く引き受けた。
身寄りのない太平に断る理由などあるはずもなく、願ったり叶ったりであった。
としは、太平を極楽寺に住まわせて、毎日の出来事を必ず報告するよう約束をさせた。

極楽寺

一

極楽寺はとしが住んでいる寺で、飯山家の祈祷師になってからも、そこが住まいであることに変わりはなかった。

としは幼少時に預けられ、お師匠様から学問を教わった。

そして、お師匠様に勧められて五行書にも取り組み多くの書物を読むことで、学問を積んだ。

やがて、成長しお師匠様の代わりを務めるまでになり、一緒に村人の家に行っては困りごとの相談に乗ることも度々となった。

二

お師匠様は、どんな困りごとも、一緒になって考えて決して相手を見捨てることはなかった。

困難なことであっても新しい考えにより、解決していけることを気づかせるのがお師匠様だったが、喧嘩の仲裁は大変だった。

嫁取りもこじれてしまうと中々決まらなかった。

薬草の煎じ方、作物の育て方については、いつ、どんな作業をするのがよいかを考えさせた。

作物の種は、離れた土地で採れた物を互いに譲り合えばよりよくなるので、婚礼のときに皆が種や苗を持ちよるのがよいと勧めた。

だから嫁は遠くから取ることが肝心とも教えた。

隣の畑の芋が大きいからと、芋を盗むよりも、皆の芋が大きくなるよう連作を避けて助け合うべきと言った。

泥棒は、絶対に逃がさないように捕まえさせた。

そして、最初は泥棒専用の小屋に閉じ込めて交代で見張りを立てた。

飯を食べさせながら、どこから来たのか、何をしていたのか、どうして盗みに入ったのかなど事細かに話を聞いた。

住んでいたところの情勢なども聞き出してあらゆる機会を利用し、よその情報を集めた。

ここに住み着けば、罪は許されると説き、それぞれに小屋を与えて、草取りや家畜の世話をさせ、さらに子守や薬草作りをまかせた。

人手はいくらでも欲しいので、見張りはしながら働かせた。

素性がわかってきたら、互いに心も許し合えるようになるまで常に声をかけた。

汗水流して育て実った作物を手にした嬉しさを感じさせ、世話の苦労や実りのありがたみを実感させ、身をもってわからせた。

そして里の者の疑念も消していった。

歳のいった者が必ずついて、盗人が足を洗い一人前になるまで見守った。

お師匠様には、その都度経過は知らされたが、そんな中、大量の小石を田畑にまき散らしていく者がいた。

石だらけにされたところは広範囲にわたり、全く腹立たしい限りで、泥棒にも劣るその悪者を皆が執念で捕まえた。

それを見て、泥棒をして捕らえられた者達が怒り出した。

自分達は食うに困って盗んだのであって、人をわざと困らせようとして、嫌がらせをしようなどと思わないと口々に叫んだ。

百姓ならずともこんなにも人でなしの阿漕なことはできないはずだと罵った。

石を入れた者は、悪いとも思ってはおらず謝りもしないが、大勢からまくしたてられて閉口していた。

結局、嫌がらせをした者も一緒に石を拾う羽目になった。

村人は、どんな迷惑なことをしているのか、わからせ改心させて、何としても目いっぱい働かせて、償わせねば気が収まらないと思っていた。

としは、折りにつけ子供達に文字を教えた。

若殿

一

琴は、病弱な上に難産であったため、一度も我が子を抱くことなく出産後まもなく亡くなった。

正熊は、今まで飯山家がしてきたように、今川家の傘下で家臣団の先頭に立って戦っていこうとは思っていなかった。

殺すか殺されるかのこの世の中でこれ以上、戦勝を上げて領地を増やし、他家と競うようなことはしたくなかった。

穏やかに暮らしたいと思っていた。

元熊を危険な目に遭わせないようにするために、武人として鍛えるよりも教養を高め文化に親しませて育てると決めていた。

正熊の側室で、自らの娘も正熊の子である乳母の万寿にだけにはそのことを話した。

万寿は、正熊の意思に沿うように努めた。

元熊の成長と共に、乗馬や弓の稽古をさせて然るべきところを、まだ武芸などもっての他と、風流人を招いては文芸を習わせることに明け暮れた。

家臣達には心もとない限りだった。

「元熊様には当主としての学ぶべきことがあるというのに、これでは手遅れになる」

そんな、家臣の心配をよそに、

「義元様が、いざ京にお上りになるそのときには、是非ともお伴としてお傍で、お役に立つようにしておかなければなりませぬぞ」

万寿はそう言って、あらゆる流行り物を取り寄せ、和歌集を学ばせ歌を詠ませるのに力を注いだ。

その態度は、乳母の域を超えて私情が入り過ぎたものであり、由々しき事態であった。

他家からは、飯山家の奥方が亡くなったら、子のある側室がお世継ぎを自分の娘と同様に、女子の遊びばかり一緒にさせて、ひ弱な当主に育てていると囁かれた。

上等な衣服を着て、人形のように座らされている元熊は、

「外には出たくない！　外は汚い！」

と言って、外での遊びを嫌がるので、

「さようでございますね」

と、万寿は大真面目で頷きながら慰め促す。

「さあ、立派なお姿を皆が見たいと申しておりますよ」

漸く、渋々と元熊は館の外に出て行った。

二

太平が元熊を初めて馬に乗せるときが来た。

「元熊様、どうぞ、私奴の背にお乗り下さいませ」

そう言って、踏み台になった。

ためらうことなく元熊は太平の背に足を乗せた。

家臣が見守る中で、元熊は、今日初めて馬に跨った。

下りるときも背を貸したが、上手く下りられずによろけたので太平が抱きかかえた。

すると、

「無礼者、汚い、触るな！」

と、元熊はどなった。

すかさず、それを見ていた万寿が、

「何と頼もしい。それでこそ若殿です！」

と褒めた。

傍にいた家臣も、馬上の元熊を微笑ましく眺めていたが、落馬の心配よりも一人で乗りこなしてもらうことが先決であると思った。

まだあどけなさがあるのに、初めて聞いた言葉が、予想もしない自分への叱責で、見かけとは違う厳しさに太平は驚いた。

自分の気遣いに情けでもかけてもらおうとした卑しい思いに対し、身分の差をまずもって知らしめしたのだろう。

太平は、元熊の傍で精一杯の勤めを見せようと張り切った。

馬に慣れていない元熊のため、片時も離れぬように寄り添った。

ある日、堀を掘って土盛りをする築城工事の普請場を見に行くときに、

「何と騒がしいところだ！　これでは埃だらけになるではないか！」

元熊はそう言って、その場にいることを嫌がったので、家臣は視察もそこそこに切り上げて帰ってしまった。

日も経ち、馬に乗るのに慣れてきても、太平の背中に足を乗せる習慣は続き、しかも慣れるどころか気に入らないと、蹴ったり叩いたりして扱いが酷くなった。

元態の乗馬は上達には程遠く、上手くなろうという意欲はない。

太平の背の上で、踏みつけねば気がすまぬとでも思っているのか飛び跳ねていた。

幼いゆえの遊びで、ふざけた言動と思いたかったが、元態は太平のことを虫けらぐらいにしか思っていなかった。

足元の虫を踏みつけるぐらいのもので、玩具代わりであった。

食べる物を貰うときがあったが、柿の上部をかじった物を太平に与えた。

菓子なども、一度口にした物や、土がついたりした物を与えた。

太平は気心が知れた者としてのことだと思うようにした。

「若殿様の傍にいられるだけでもよい」

と自分に言い聞かせて、どんなことにも耐えていたが、すぐにでも振り払って逃げ出したかった。

人間とは思われていない。

冷酷だった。

優しさなど微塵もなかった。

いくら幼いといえどもこれほどに心がないものか。

これが殿になる者かと失望した。

自分がおとなげないのかもしれないが、もう辛抱できないと思って、貰った物をとしに見せた。

としはすぐにそれを持って裏山に行き、投げ捨てた。

「愚かな殿にも程がある！」

三

としの茶室には火鉢があり、炭がたかれ、鉄瓶のお湯が沸く音だけが静かな部屋の中に響いていた。

太平が目にしたことがない物ばかりである。

温かい茶をいつも貰って飲んだ。

促されて小さなことも思い出し、包み隠さず毎日の出来事を細かく話した。

としは聞き漏らさないようにと、一生懸命に聞いてくれた。

それだけでも太平は嬉しかったがそれだけではなかった。

話が終わると、文字や数を教わった。

書物も衣服も貰って、極楽寺の自分の持ち物が増えていった。

しまっておくのに困った。

そして、書物を隠れて読んでいたところをお師匠様に見つかった。

怒られるかと思ったが、お師匠様は笑い飛ばして、太平が書物を読む場所を作ってくれた。

四

ある日のこと、

「そなた嫁を娶らぬか？」

と、としから言われて太平は耳を疑った。

この自分が、嫁を娶るなどということを、これまでに思い浮かべたことすらない。

自分の学びだけでも、寝る暇もない程であるのに、身に余るとしか言いようがなかった。
「嫁は要らないのか？」
と、としが今度は真顔で聞いてきたので、太平は慌てて否定した。
としが、笑顔でもう一度聞いた。
「気立てのよい女子がいるのだが、一緒になる気はないか？」
太平は頭を下げたまま返事ができないでいた。
としは太平が快く受け入れたから何も言えないでいると推し量り、
「これからは婚礼の段取りを進めていくので、そなたもその心積りでいるように」
と、強引に決めた。
「不都合なことを言ってためらうことがないよう確と心がけておかねばならないし
…」
としは長々と説いたが、それでも言い足りないのかいつまでも一人で話し続けた。
それからの太平は、夢心地で貰った衣服を着てみたりして落ち着かなかった。
そして、嫁取りの日が来た。
としが取り持って婚儀を行った。
太平は、初めて会う嫁のいねを前にして、嘘のようであり、何回もいねを見ては真のことだと自分の心の中で繰り返した。

いねも、身寄りがなかった。

そして、一緒に極楽寺に住み、お師匠様を助けて寺の仕事をすることになった。

太平は、やはりあの時の地蔵様のご利益だったと思った。

唯一拠りどころにした肥溜め脇の地蔵様に縋ったお陰で今はこのように、とし殿に情けをかけて頂けたのだ。

元熊様のお傍での仕事が頂けたと有頂天になって、二つ返事で引き受けたが、確かに分不相応だったと、後悔をしていた時のことを思い返した。

自分の人生は目まぐるしく移り変わっている。

それだけは間違いない。

出陣

一

初陣の日。

元熊は晴れがましく出立した。

ところが、期待を寄せる家臣を前にして、

「あれを見てみろ！　あれは、かえるか！　あの兜の前立ては？　もっと風情のあるものを選べばよいものを。あれが人前に立つ者の格好か！　見苦しいぞ」

とまくしたてた。

乳母や女達と館の中だけで過ごし、身なりばかりを気にする万寿によって着飾って育てられた元熊の軽率な言葉であった。

周りは機嫌を損ねないようおだてる者ばかりで、元熊は、自分が正しいことを言ったと信じ、自分の言葉に満足していた。

慌てた家臣が、勝手にしゃべられては困ると思い、

「そのようなことは、話さないように頼みます」

と宥め、分別を持ってもらわないと士気に関わることになると懸念を強めた。

二

元熊は、初めて矢が飛び交う戦場に近づいた。

比較的安全な場所であるが、太平を栖にしてうしろに隠れ逃げ回っていた。

家臣達は、正熊が元熊を武人として教育してはいないのだと確信した。

傍にいた者は、このままでは今の飯山家の地位を保つことはできないであろうと思った。

「まるで猿が動き回っているような、あの落ち着きのなさはいかにも見苦しい。軍議の意味もおわかりではなかろう」

大殿亡き今は、全く今川家のただの腰巾着になってしまったと古参の家臣は嘆いた。

元熊は次の出陣を前に、

「もう、戦に行くのは嫌じゃ！」

と言い出す始末であった。

三

春先の鶯が鳴き始めるころに、家臣達は次の戦の準備をしていた。

「ここら飯山家辺りは、鶯までが下手に鳴いておる。『ほうほけきょう』と美しく鳴かぬか！　『ほけきほけき』ばかりでは聞き苦しいぞ！」

農作業も忙しくなり、女子供だけでは大してはかどらない。

戦などない方がよいに決まっていると心の中で思う者は多いが、

「俺は、戦に勇ましく行く方がよい」

と息まく者もいた。

ただし、今の正熊の指揮では、兵の気持ちを奮い立たせるものが全くない状態であった。

大殿のときは、威勢よく雄叫びをあげて戦場に行った。

「皆の者！　遅れをとるな！」

と、大殿のかけ声がかかると沸き上がる気持ちで、必死について走った。

恐怖など味わっている暇はない。

心に一気に火が付いた。

大殿は、次々と敵陣を突破した。

他の軍勢とは比べものにならない勇ましさゆえに今川家からの覚えがよかった。

大殿は、必ず最前線までためらうことなく進んで行った。

そして戦っている間は、ずっと檄を飛ばした。

「ひるむな！　前に進め！　下がるな！　止まるな！　目を閉じるな！」

家臣達は、耳に入ってくるそんな大殿の声だけで、無我夢中で目の前の敵と戦った。

やがて、敵は撤退して行った。

「よくやった！　勝ったぞ」

大殿のそのことばを聞くと、自然と皆が、勝どきの声を上げた。

これから、元態の時代が来るとしたら、何としても勇ましくなって欲しいと家臣は切望した。

それでとしに、正態に諫言して欲しいと、声がかかった。

四

正熊は、日は昇るもの、自分は何もしなくても今の地位をそのまま維持していけるものと思っている。

元熊の教育の責任を万寿に押しつけていると察したとしは、心を鬼にした。

「元熊様、これからは、馬には一人でお乗りください。もう、十分役目を果たした太平はお傍にはつきません。役を解きました。

万寿殿、これからは、貝合わせなどばかりやってはおられませんぞ。

今のままでは、義元様に認められるどころか、他家から笑われ、愚かな殿におなりになられます」

「愚かな殿、愚かな殿というな！」

元熊は、万寿の前で悔しさを露わにして、地団太を踏んだ。

「ご自分は賢いとお思いか！」

としは、強い口調で元熊を叱責した。

「賢いに決まっておる」

と、言いながらも自信なさげにうつむく元熊に、としがさらにつめよった。

「他に、どのような方が賢いとお思いか？　今川殿か？」

「とし殿、もうよいではないか！　急にまた、どうしたというのだ？」

万寿が助け舟を出した。

「万寿！　としは鬼じゃ！」

幼子のように万寿にしがみつき、

「今様がやりたい」

と言って甘えた。

大殿のころの栄光に溺れて、永遠に安泰であるように家中は錯覚している。

戦で手柄を立てなければ、七光りもいずれ消え失せて窮地に陥るのは目に見えていた。

結婚

元熊にかねてからあった縁談がまとまり、懇意の木村家の長女田鶴との縁組が決まった。

木村家は、今川家家臣の中でも力をつけてきており、名高い飯山家との縁組を大いに喜んだ。

木村家は、飯山家の今までの手柄を、才覚があり懐が深く度量があると褒めちぎった。

万寿が婚儀の全てを仕切り、両家の繁栄を誓い何も憂うることはないと未来永劫の契りを約束した。

そして、万事上手く収めたと喜び、正熊を安心させた。

結婚後は全てが順調に進んでいて、田鶴との間には娘が次々と無事に生まれた。

ところが、我が子を抱いた元熊は、

「猿のようだ」

と言っただけですぐに万寿に手渡した。

成長した子が近づいて来ると、

「よだれを垂らすな！　汚い手で触るな」

と言って、全く相手にしなかった。

背を向けて縁に座り、黙って外を眺めてばかりである。

元熊は、家族というものを、育て作り上げていく気がない。

田鶴に促され子らは寂しそうに部屋を離れて行くのが常だった。

正熊には元熊に嫡男をという願望はなく、娘を大家に嫁がせればよいと言って安泰を望んだ。

木村家にとって前途洋々のはずが、期待外れなことばかりが次々と表立って出てきて、信頼関係は崩れていく一方であった。

元熊は戦に出る様子が全くなく、そうかと言って田鶴や子供らと過ごすわけでもなかった。

万寿の傍で、日がな一日過ごすのだった。

木村家は、これがあの誉高い飯山家かと落胆した。

次第に交流がなくなり、取り繕うことのできる家臣もいなかった。

すでに、大殿が亡くなった時点で、主要な家臣が早々と離れて行っていた。

正熊の死

一

正熊が、戦で深手を負い亡くなった。
元熊の元気がないのは、父が亡くなったからだけではなかった。
元熊にとって当主という座は疎ましいものでしかなかったのだ。
父がやっていたこととは何だ。
戦ばかりであっただろう。
あんな汚いうるさいところで、血だらけの者と一緒にいることなどできぬ。

二

正熊は、冗談めかしながら、歌人になった方が性分に合っているとよく言っていた。

そして、盛んに今川家で開かれる歌会に出席していた。

元熊が以前に、正熊の供をして今川家の館に行ったときのこと。

歌会で詠むための歌が思いつかず、庭を歩きながら悩んでいたら、

「何か思考中ですかな?」

不意に見知らぬ男に話しかけられた。

元熊は歌が思い浮かばないと話した。

男は岡崎の生まれで今は学問をするため今川家の寺に世話になっていると話した。

織田家にも住んでいたことがあったが、父が亡くなり、母とも別に暮らすこととなったことも話した。

元熊は聞いているだけであったが、鷹狩りの話を盛んにした。

この岡崎殿の話は、元熊の知らないことばかりであり、今までとは異なる他国の新

しいものに触れる機会だと思われた。

元態には初めての経験であった。

こんなにも親しくなれるとは、これが友というものかと思った。

一度会っただけであったが、今ごろはどこで何を考えておられるのだろう。

自分が父親を亡くした今、不意に岡崎殿のことを思い出した。

自分は、これから何をどうすればよいのか全く分からない。

家臣が元態に現状を伝えた。

元態は、領地が半分になったことに驚き、この身は何と不憫なことかと言って、家臣を叱った。

元態は、お家の窮地を話し合うどころか、その後は病を理由に家臣の前に現れることはなかった。

お師匠様の死

一

お師匠様が亡くなった。

「不死身かと思っていたが、やはりお師匠様も年には勝てなかったか」

としの幼なじみの弥助が来て、極楽寺で夕食を共にしていた。

弥助は商人になって、他国も渡り歩いていたので、としは話を聞くことをいつも楽しみにしていた。

「茂一は来ていないのか？」

弥助は極楽寺で寝起きを共にした茂一を探した。

茂一は早くに、仲間のところに行くと言って寺を出て行ったのだった。

人がくれるものは食べずに、盗んだ物は食べていた。

毒でも入っているかと警戒していたのだろうが、ようやく信じても一人で隠れるようにして食べていた。

亡くなった親も盗人だったから身にしみついている習慣なのだろう。

「あいつは、俺が騒いでいるときを見計らって、お師匠様のところで悪さをしては、それを俺のせいにした。俺は茂一をいじめたことはないのに、何を考えているのかさっぱりわからん奴だった」

弥助はそう言って、茂一は目立たなくて大人しかったが、奴の通った後は、何か物がなくなっていたと思い返して話した。

朝のお勤めは毎日、としと弥助と茂一が一緒にお師匠様に倣ってご本尊に手を合わせ座っていなければならなかったが、弥助は祭壇の周りを走り回ったりうしに隠れたりとなかなか座らないでいた。

お勤めが終わるまでの半時も、じっと座っていることができず、いちいち反抗してお師匠様を困らせていた。

としは、毎日大きな声で弥助を叱ってばかりのお師匠様の姿を見て、自分は迷惑をかけまいと心に誓って、弥助を睨みつけながら姿勢を正していた。

弥助はそんなとしに、あっかんべをしていた。

ある日、お師匠様がとしに、

「弥助も不憫なのだ」

と言って弥助が極楽寺に来るまでのことを話し出した。

弥助の母親は、女一人で弥助を育てていたが、病に罹り、何とかして幼い弥助をどこかの寺に預けて面倒を見てもらいたいと思っていた。

それで大きい寺をいくつか訪ねて行ったのだが、どこの寺も、そんな母子を見ても冷たく、決して受け入れてはくれなかった。

ある寺の小僧が、弥助と母を追い出すために竹箒で履き出して払いのけた。

二人の前で土埃が立ち上がり、砂が弥助の目に入った。

弥助は、痛みで目が開けられなかった。

寺の階段を母の手に引かれ、目をこすりこすりし、痛さで泣きながら駆け下りた。

弥助の母との唯一の思い出だった。

そして、この極楽寺の境内で行き倒れた母の傍で、弥助は母に縋りついて泣き叫んでいたのだった。

母は間もなく息を引き取った。

としも話を聞いて、弥助を不憫に思った。

二

お師匠様が言うことを聞かずに荒れている弥助に、

「憎いか！」

と聞いたら弥助は、

「憎い！」

と答えた。

「誰が憎い？　この師匠か、極楽寺か！」

とお師匠様がまた聞くと、弥助は首を横に振った。

「では、誰が憎いのだ？」

と聞かれて、

「わからないが、何もかもが憎い！」

と弥助は答えた。

お師匠様は弥助に、としも同じような境遇であると話した。

とし本人は何も知らない。

いつか母が迎えに来てくれるものだと思っている。

しかし母はもう迎えには来ない。

弥助は母が死んだ悲しみを知っているが、としはまだ知らない。

としもいつか母の死を知るときが来るが、弥助がそうであったように、そのときとしは苦しむだろう。

お師匠様は、そんなとしが苦しむのを快いのなら何も言わないが、もしとしが悲しむのを少しでも慰めたいと思うなら弥助にもできることがあるがどう思うか聞いた。

弥助はとしの力になりたいと言った。

弥助はお師匠様から、としの生まれてからのことを聞いた。

時期が来たら、弥助からとしに話してやるようにとお師匠様は言った。

「ただ、としの出自をよく理解して心して話さなければならない。それができなければとしは納得しないし苦しむだけだぞ」

とお師匠様はつけ加えた。

弥助はとしに認められる者にならなければならないと思い、自分が何をすればよいかわかったと思った。

三

弥助は、悪さなど一切やめて、としにちょっかいを出しながらも一緒によく学んだ。

としが、難しそうな本を読んでいると覗き込みながら、

「そんなに面白いのか、もうやめて遊びに行かないか」

と盛んに声をかけた。

としは、弥助が傍で邪魔をすると言っては怒っていた。

弥助が、何をするべきか本当にわかってくるのは、極楽寺を出てからのことだった。

お師匠様の使いで諸国を旅した。

その都度、文字が読めるだけでなく算術もできなければ生きてはいけないし、深い知識も身につけねばならないと、実感して帰って来ていた。

お師匠様やとしに、あれこれと聞いては、書物を見たり考えたりして、時の経つのも忘れ没頭して学ぶことが多くなった。

お師匠様はそんな弥助の姿を見て、微笑みながら頷いていたが、としは、変われば

変わるものだと驚きの目で見ていた。

弥助はお師匠様の用事で、遠くへ行くことが多くなった。物を買い求めるだけではなく、手紙を届けて返事を受け取るなど重要な任務が主になっていった。

弥助は、自分が責任を持たなければお師匠様が困るということがわかり、その大変さも十分に理解するようになった。

年月とともに、弥助は人として見違えるように成長していった。

お師匠様から託されたこと、としに何をするべきかを、ずっと自分に問いかけていた。

としの両親のことも、旅をするうちに人から聞き事情を知り、としに話をするときがいつ来てもよいように心がけていき、そのときとはいつなのかと自問自答していた。

そして、お師匠様が亡くなった今がそのときと思った。

出自

一

「お師匠様の思い出は尽きないのだが」

と言って、弥助がとしの話をはじめた。

「そなたの父は今川の隠密であることが知られてしまったがために、武田方に捕らえられたのだ」

全てを知っている弥助は、唐突にそんなことから話し始めてしまった。

「なぜ、そんな話をする？　まるで見ていたかのようになめらかに話すではないか。それになぜ今なのだ？　自分の話をされたその仕返しをするためか？　今日、こんな話をするということは何か企みでもあるのか？」

としの表情が一変し、食ってかかってきた。

弥助は、

「しまった！」

すぐに後悔したが、もう次の言葉を聞こうと、かみつかんばかりにこちらを見ているとしに、言い訳をすることはできないと察した。

いつもなら、話にくちばしを挟んだり、笑ったり怒ったりして賑やかになる。

「そんな女子の話ばかりを聞きたくはない」

と弥助の好みの女の長話には、苦情を言い他の話をするように促すのが常だった。

一方で弥助の話からは、他国の政がどうなっているのかよくわかる。

流行り物のことか、物の流通がどうなっているかがよくわかる。

細々した物もよく気がついて手に入れて来てくれる。

「弥助なしではもう何事も進まぬ」

とまでとしは言っていた。

しかし今日はお師匠様が亡くなっただけではなく、としにとって面白くない話を聞かなければならない日であった。

としは、いつも暗いうちに一人そっと旅立つ後ろ姿の父と、帰りを待つ母の姿をおぼろげに思い出すだけである。

弥助の話はとしの知らないことばかりであった。

聞き返したいことばかりだったが、言葉にならない。

味もわからないまま、目の前にある物を食べ続けながら聞いていた
聞いていないのではないかと、弥助が問いたくなるほどにとしは、一言も口を挟まないまま、一点を見つめて黙々と箸だけを口に運んだ。

食べ終わると箸を置いたが、同じところを見つめたままでいた。

弥助の話も一段落してしばらく沈黙の間があった。

動きが止まったままだったとしが、やっと今意識が戻ったかのように少し体を動かした。

だが、同じところを見つめたままで、震える体を支えるのがやっとだった。

こみ上げてくるものに一度負けたら、止めるすべがなくなり崩れ落ちるのがわかっていたので、必死になって支えていた。

弥助は、としからどんな返事が返って来るのかと身構えて待った。

何を聞かれても、答える用意はできていた。

喧嘩腰でくるのかと覚悟もしていたが、全くそうではなく、声をなくし、さめざめと泣く、今まで見たことのないとしの姿があった。

としが悲しむことはわかっていたはずだが、目の前のとしは、思っていたのとは全

く違った。

意外な状況になり、としを一人にするしかなかった。

弥助は、立ち上がることができないとしの背中を見守るように、そっと部屋を出て行った。

出自など、としがすっかり忘れていたことだった。

雷が落ちたかのような衝撃だった。

わからないことばかりで、頭の中が混乱していた。

二

としは半信半疑ながらも、館の中を歩き回り座敷牢を探した。

北の外れたところに、それらしい開かずの間がある。

今まで気にも留めなかった、その物置小屋にしか見えない程に小さな建物の、固い引き戸を両手で思いっきり力を入れて開けた。

鳥小屋のような狭い板の間に、牢格子がある。

「まさかここに？」

信じられなかったので、間違いだろうと思い戸を閉めようとしたときだった。見覚えのある物が目に入った。

動揺した。

一瞬で、幼いときの記憶が蘇った。

紺色の生地に金糸を織り込んだ打掛！

父が、母のために買ってきた高価な物だった。

それは、母の大切な物だった。

普段は身につけることがない高価な打掛だったが、母が着ているところを見たいという、父のたっての望みで、父が帰るときだけはいつも羽織っていた。

父母は、大きな屋敷に住み、美しい着物を着て生活することを夢に見て話し合っていたのだろう。

父が旅立つときは、いつも夜中に音もたてずに足早に消えるように出て行った。

母は父がどこへ行くのか、いつ帰るのか聞かなかった。

あの日、帰る日の知らせが届いていたが、あまりにも遅いと言って、いつまでも外を眺めて待つ母のうしろ姿を覚えている。

いつまでも、縁から離れずにずっと、外を見て父の帰りを待っていた母の姿だった。

あのとき、母が着ていた打掛が、今ここにある。

たたんだまま、牢の中、目の前に置いてある。

時が止まったままだった。

鼓動が大きく鳴った。

「ここに、母がいたというのか！　あのときのまま、ここにいたというのか！　あれから、どれだけのときが経っているというのだ！」

としは、寺に来た日から、毎日のように暗闇のなかで何かを訴えかけるように上目づかいでこちらを睨んでいる白髪の老婆の夢を見ては、目が覚めていた。

老婆はこちらを睨んで襲って来そうですらある。

そのうちに、自分は何か恐ろしいものに取り憑かれているのかと思うようになった。

そして、目覚めるとすぐに、井戸に行き、水を何回も被って、忘れようとした。

母が助けを求めて現れていたのか！

何も語らずに、ただ見つめるだけで。

目で訴えるしかできない母だったのだ。

化け物でも、鬼婆でもなかったのだ。

母は、苦しみ助けを求めながら、娘に気づかれぬまま逝ってしまった。

恐ろしい夢は、としにつきまとい離れることはなかった。

としは、逃げるように必死に学び、村人の手助けをすることで気を紛らわせ、誰にも打ち明けることなく今日まで生きてきた。

なぜ、もっと早く知らせてくれない。

弥助は何のために時を計らって今話したのか。

全てを知っていながら様子を見ていたのか。

自分だけが、何も知らずにいたのか。

三

としの母は、ひっそりと埋葬されていた。

母の遺体の上に盛られた土の山の傍らで、母の形見の打掛を燃やした。

としは、それを見つめて泣いた。

突っ伏して泣き続けた。

いつまでも傍を離れなかった。

いつか会うときが来たら、立派に成長したと褒めて貰えるように、それを励みにして頑張ってきた。

ああそうか！

母がとしの背を押して、人を助ける道を示し、今の生活を授けてくれたのだ！

母が何も知らないとしを必死に見守り成長させていたのだ。

それが今完全にわかった。

行くところのない自分は、ここから追い出されたらと思うと恐ろしくて、必死に学び手伝った。

お師匠様も快く知識を与えた。

としは、夜になると干し柿をかじりながら、月や星の動きを眺めているのが常だった。

早く一人前になりたかった。

それからのとしは誰とも会わなかった。

四

弥助には、亡きお師匠様との約束を果たした安堵感はあった。

しかし、としのあの動揺した姿は忘れられるはずもなく目をそらすことができなかった。

しばらくの間、そこらあたりを彷徨っていたとしだったが、やがて落ち着いてきて極楽寺の中で静かに座って過ごすようになった。

そんなとしに弥助は声をかけた。

「大丈夫か？」

としは心配そうな弥助の顔を見ると気丈を装い、

「商いはどうした？」

と言葉を返した。

弥助はとしのことが気になり商いどころではないと話しながら傍に座った。

いつもの二人の会話が戻って来た。

笑いながらも涙もろくなったとしの様子を見て、弥助はとしを傷つけたのではないかと、内心は不安であった。

お師匠様から聞いたとしのことや、自分が立ち直ることができたのはとしのお陰だったことなどを話した。

それでとしが傷ついてしまったのなら、弥助は間違いを犯したことになる。

としは、弥助の思いの丈を聞き泣き出した。

今度は、人目をはばからずに大声で泣いた。

驚いた弥助はどうしたものかと、おろおろした。

ひとしきり泣くと、としは落ち着いて弥助の方を向き、そんなにも自分のことを考えてくれていたのかと何度も礼を言った。

弥助は商いが終わると、毎日としを見舞うようになった。

そして、一緒に暮らすようになった。

やがて、子も成したが秘密にした。

太平といいね夫婦に知らせただけである。

寝返り

一

飯山家は、としが留守にしていた間に大きく様変わりしていた。

戦の度に領地は減らされて士気も下がる一方であった。

当初から飯山家で懸命に励んだ者の中にも見限って出て行く者が相次いでいた。

他家の軍に加勢して、そのまま帰らなくなった者もいた。

としは、このまま滅ぶのを黙って見ておくのもよいが、それではあまりにも能がないと思った。

「明日より、今川を離れる！　織田につくのだ！」

「とし殿、何を言っておる。殿がそう言われたのか」

武田ならまだしも、何をするかわからないような敵方の織田に寝返ることなどできぬのである。

まだ、今川家の家臣でおれば安泰だと思っている者はいた。

「いずれ、今川は滅び、織田のときが来る」

としはそう言って、今まで何をしていたのかと家臣を強気で責めた。

「元熊殿の仮病が、いつまでもっと思ってか！　腑抜けの当主と、腑抜けた家臣の寄り集まりどもが、今のこの飯山家で私に歯向かうなら、お前達を死に追いやることなどいとも簡単にできるわ！」

そう言うと、としは不気味に声をあげて、勝ち誇ったように笑いながらその場を去った。

としの、今までとは一変した態度に家臣が驚いた。

とても、同じ人間とは思えない。

親同然の寺の師匠が亡くなり、本性を出してきたのだろうと家臣は噂した
万寿にも、何も危機感がなかった。

「とし殿か！　久方ぶりではないか！

もう顔を見せぬものと思っていた。そなたは病に臥せっていると聞いて、心配をしておったぞ」

万寿がとしに笑顔で話しかけてきた。

屋敷のこの部屋の中だけが、以前のまま変わらずに平和そうであった。

「商人が来ておる。そなたも何か求めて気分を変えて、病の憂さを晴らしたらどうだ」

万寿は屈託なかった。

「間もなく、戦だというのに呑気なこと」

「戦なら家臣に任せておけばよい。どうせ、今川が勝つに決まっておる」

そんな万寿に、

「蓄えも底をついた」

と訴える気にもならず、としは一礼をして出て行った。

万寿はとしが、以前とは様子が違うと感じたが、もう役目も終わったようなものだから、時々こうして元気な顔でも見せてくれればそれでよいと思った。

二

「飯山が、織田に寝返ったぞ！」

今川家の反応は速く、すぐに攻められ屋敷に火が放たれた。

すでに、飯山家の働きの悪さは目をつけられていた。

即座に攻撃されても不思議ではなかった。

飯山家中の者は、寝耳に水の状態で、何が起こっているのかわからなかった。

元熊や万寿はその最たるもので、目前に火の手が上がるまで、わが身に起きていることを信じようとはしなかった。

助けてもらえるはずの今川家に火をつけられている意味がわからないのである。

それゆえに、織田につく話など論外である。

「誰がそんなことを申しておる。今川殿を怒らせてこんなことになった責めを負うつもりか！」

万寿が叫んだが、燃え盛る炎を目の当たりにして、

「もはや致し方ない。無念！」

と言って、短刀で自分の胸を突いて自害した。

田鶴は子供を連れて、逃げ出した。

目の前でそれを見た元熊は逆上して、

「お前のせいだ！」

と叫ぶと、としの背に刀で切りつけた。

初めて刀を振り上げた相手が、としだった。

としは、その場に倒れた。

元態は万寿を抱きかかえ、燃え盛る炎の中へ入っていった。

万寿を横たえると、元態は膝をつき、短刀の鞘を抜き、両手で腹に突き刺して自害した。

死に際だけは、武士らしかった。

元態の介錯人はなく、そのまま倒れると、涙を流しながら、よだれと鼻水を垂れ流し、血にまみれて悶え苦しんだ。

燃え上がる建物が崩れ落ちた。

その建物の下敷きになった元態の最期の姿を、としは這うようにして見届け、

「これで、母に会える」

と言って、息絶えた。

田鶴と子は、館が燃えているのを確かめると、逃げていた草むらで、自害して果てた。

三

「逃げろ！」

弥助の叫び声を後ろに聞きながら、いねは子を抱きかかえながら走った。

弥助はとしとの間に生まれた諏訪を守ろうと、いねと一緒に逃げて来た。

弥助一人で数人の敵と戦った

弥助の声が聞こえなくなったので、いねは目の前の建物の陰に隠れて今来た方を振り返った。

追手に捕らえられた弥助が首を斬られているところだった。

弥助は取り押さえられて首を斬り落とされた。

いねはそれを見て、座り込んでしまい動けなくなった。

そこへ太平が、息を切らしながら駆け寄って来た。

「いね、大事ないか！　命の恩人の、大事なお子、何としても守って見せる」

そう言って、いねと子を守りながら、安全な場所を探した。

迫り来る、凶暴な敵兵に対し、太平は銭の束の端を両手で握り顔の前にかざすように持って見せた。

敵兵は、目の前に銭の束をかざされて、ためらうことなく握ると立ち去った。

太平といねは、顔を見合わせて助かったことを確かめ合った。

そして、飯山家の館が炎につつまれているのをなすすべもなく見つめた。

あの中に、としが残ったままかと思うと、太平は助けに飛び込んで行きたくなる衝動を必死に抑えて声を上げて泣いた。

飯山家の繁栄もろとも燃え尽きて廃墟となった。

四

太平は、累々と辺り一面に横たわる遺体を寺の墓に葬った。

焼け跡に残った地蔵様に手を合わせて、ここから始まったことを思い返しながら、今ある命に感謝した。

地蔵様のために、新しい祠を建てた。

また家のない者のために、小屋を建てることにした。

皆で材木を集めて協力して、一軒一軒建てていった。

怪我をしている者や世話に手を取られる者は除いて仕事を割り当てた。

太平が先頭に立って、作物の収穫を増やすことを優先した。

田畑を耕し、種撒きをして、道や水路を整えて、夜明けから日が暮れるまで精を出した。

極楽寺では、飯の炊ける匂いがしている。

炊き出しのかまどの火は、朝から晩まで毎日絶えずいつまでもあがっていた。

五

茂一が、地蔵様に手を合わせていた。

茂一は弥助が死んだことを知っていた。

あの場所にいたからである。

悪い仲間と一緒だったので、弥助が殺されるのを黙って見過ごすしかなかった。

茂一は、極楽寺でとしと弥助が一緒にいるのを見て、幼いながらに自分が仲間外れにされているようにいつも思っていた。

そんな時に顔見知りになった者達の誘いにのってしまった。

お師匠様が大人になるまで寺にいるよう反対したのに悪い仲間について行ったのだった。

「上手く生きていくのが、利口ってものよ」

と言いながら、あちこちを流れていた茂一であったが、本当は後悔していて、この機に極楽寺に戻って来たのだった。

としと、弥助が並んで埋葬された墓を見つけて、いつまでも手を合わせていた。

そして墓守りとして寺に住むことを許された。

六

「義元が織田に殺された！」

としが言っていた通りになった。

織田家は強くなってきたのだ。

これからどうなるかわからないが、極楽寺を守って行こうと太平は強く思った。集落ごとに結束を強くし連絡を密にして、警戒を怠らないよう守っていれば、いかなる襲撃があっても生き抜く力が失われることはないだろうと思った。

としが亡くなる前に、としの部屋にあった多くの物は、としの言いつけで寺に移していた。

「お子の諏訪様は成長されたから、書物を学ばれるであろう」

太平は自分が学んだように、諏訪にも五行書を与えた。

「母上が学ばれた大切なもので、この太平も学ばせてもらいました。きっと、諏訪様も学ばれると思いお持ちしましたよ」

諏訪はよく学んだ。

話を聞くと一度で覚えた。

家々を毎日歩いて回り、どこの家の内状もすべて覚えていて、その都度問題があると解決していった。

喧嘩が始まると、当人だけで話させて、決着がつくまで他の口を挟ませなかった。

そして、解決できなかったら、お互いが顔を合わせない離れた場所に移り住むことを勧めた。

もし、それが嫌だと言うのなら、二度と喧嘩などして迷惑をかけないよう相手を認め譲り合えるかと問い、周りが諌める話は必ず聞かなければならないと約束をさせた。

道を広げ石垣を組み、水路を作り耕作地を増やすときには、自分から石を積み、要領よくはかどるやり方を示して、次々と仕事を進めて行った。

誰もが、諏訪の知恵と力強さを頼りにしていた。

七

地蔵様に熱心に参っている若い男がいた。

太平は声をかけて、何か願い事でもしていたのかと聞いた。

その若い男は良吉といい、戦で身内を亡くし住むところもなくなり、全てが失われて何もかもが嫌になったのだという。

一人では何もできず、悔しい気持ちだけでやり場のなさにここまで来たが、こんなところにも地蔵様が祀ってあるのを見つけて、手を合わせずにはいられなかったと話した。

自分にできることはないものか、もっとよい何かを教えて欲しいと縋るように参っていたのだ。

太平は、ここで人々と仲良く助け合ってどんなことも、嫌がらずに精を出せるかと聞いた。

良吉は、戦も喧嘩も嫌いだったと言い、何でも精を出して働くのでおいてくれと頭をこすりつけて頼んだ。

言葉通り良吉は、真面目によく働いた。

学ぶのも嫌いではなさそうで、自分から書物を読んでもよいかと毎日のように訪ねて来た。

そして、立派な大人になっていった。

諏訪を助けて、作物が順調に育つように、問題が起きないように気を配った。

いつか、諏訪と夫婦になったらどうかと世話を焼く者が増えていった。

本人達も気が合う上に助け合っていけると思い、周囲の望み通りに夫婦になった。

そして、女の子をもうけた。

やはり、その子も五行をよく学んだ。

太平といねの間にも男の子が生まれた。

それから、太平といねの間には男の子が、次々と生まれて、子沢山になった。

極楽寺の周りは豊かな土地になった。

商いも盛んに行われている。

やがて、戦がひとつもない時が本当にやってきた。

元熊が友と思って会いたがっていた、岡崎殿が国を全て治めたからである。

家族を織田家に殺されて、耐え難い苦しみを乗り越えて、家臣に支えられてのことであった。

元熊は人を見る目はあった。

了

解説

A文学会　編集室

寓話性に満ちた時代小説を二編、お届けする。これら収録作品の魅力を伝えることは、簡単なようでいて、実のところ一筋縄ではいかない。

『幣立宮の龍』は一見、子ども向けの昔話のような語り出しだ。人には見えない龍が見える女児が主人公である。時は明治時代後期。宮崎県と熊本県の県境の山里に、主人公よしは生まれた。どこか引っ込み思案だが基本的に天真爛漫な、普通の女の子である彼女の人生が大きく変わったのは、わずか十歳のときであった。由緒ある神社の巫女となるべく、彼女は旅立つ。否、決められた運命に従って親の庇護のもとから引きずり出される。

時代が変わったとはいえまだまだ因習に満ちた、しかも荒々しい社会で、一農家の娘は無力に等しい。つのる孤独からほんの少し道を踏み外したよしが、寛容さのかけらもない世の中に放り出され、なすすべもなく翻弄されるありさまが淡々と描かれる。救いあれと望む読者の願いを知ってか知らずか、作者はいっそ毅然とした態度で悲劇を語り続ける。よしがその短すぎる一生を終える薄の野原の描写は、寂寞として美しく、どこか安らぎに満ちている。

よしは、いってみればファンタジーの中でしか幸せを得られなかったわけだが、彼女をとりまいた人々の生々しさと、最後に彼女を包んだ目に見えぬ世界は、決して対比されるべきものではない。

よしはそもそも、生臭い人間世界と寓話のあわいを生きたのではないか。

もう一つの作品、『祈祷師』は少し毛色が異なる。幽閉された一人の女人の描写から始まるが、彼女の人生を追求することなく、桶狭間以前の今川家に仕える名家の紹介に移る。いかなる人間関係、いかなるしがらみが物語を動かすのか、すぐには明らかにされないミステリアスなつくりだ。群像劇の様相は色濃く、視点人物の変化は『幣立宮の龍』に比べるとかなり目まぐるしい。たださまざまな人生が交錯する中で、やがて飯山家の若殿である元態と、お抱えの祈祷師であるとしの視点に集約されていく。

この作品は、名家がその名誉も地位も実体すらも失っていく、諸行無常・盛者必衰の物語だ。大きな要因は、戦国武将たる資質をことごとく欠いていた元態にあるが、その父正態の時代からすでに種はまかれていた。一方で照準を「ある家の没落」のみに絞らず、祈祷師としの半生や出自、健全で前向きな、地に足のついた取り組みを散りばめて描いたところが技ありだ。当主の過ちが領地民を直撃する、その虚しさが際立ってくる。

見どころはとしが、今川を見限り織田につくよう家臣達に箴言する場面だろう。慧眼でとはいえ少しタイミングが早すぎ、結果的に飯山家が滅ぶ直接のきっかけとなる。しかしながら彼女の、常識にとらわれない挑戦的な資質が凝縮されたエピソードである。

二編ともに、潔く善人と悪人を描き分けた、つまり白と黒をはっきりさせた執筆姿勢が、むしろ作品に立体感をもたらしている。たとえ世の中が大きな動乱の中にあっても、またそれが負け戦でも勝ち戦でも関係なく、自分なりに人生を手放すまいとする庶民達が活写されているように見えるからだ。狡かったり醜かったり、ときとして健気であったりする彼らの様子が、いきいきと伝わってくるからだ。

　本書がもたらすのは、一人の主人公の視点を追い、彼／彼女の試練と克服を経てカタルシスを得る、正統的な読書体験とはいえないかもしれない。そのぶん、「埋もれてしまった、忘れてはいけない人々の物語」として、大切に保存したい思いが残る。

著者プロフィール
佐藤　基江

1977年3月　一宮女子短期大学幼児教育学科 第3部卒業
幼稚園教諭、一般企業勤務を経て執筆をはじめる
夫、子ども、孫あり
2019年4月『東尋坊さん』（A文学会）　刊行

幣立宮の龍

2022年2月25日　第1刷発行

著　者　佐藤　基江
発行社　A文学会
発行所　A文学会
〒181-0015　東京都三鷹市大沢1-17-3（編集・販売）
〒105-0013　東京港区浜松町2-2-15-2F
電話 050-3333-9380（販売）　FAX　0422-31-8164
E-mail：info@abungakukai.com

ISBN978-4-9911311-4-1